MEGALOMANIA DE FREUD

ISRAEL ROSENFIELD

Megalomania de Freud

Tradução
Paulo Schiller

COMPANHIA DAS LETRAS

Título original
Freud's Megalomania

Capa
João Baptista da Costa Aguiar

Preparação
Cely Arena

Revisão
Maysa Monção
Beatriz de Freitas Moreira

Dados Internacionais de Catalogação na Publicação (CIP)
(Câmara Brasileira do Livro, SP, Brasil)

Rosenfield, Israel
Megalomania de Freud / Israel Rosenfield ; tradução Paulo Schiller. — São Paulo : Companhia das Letras, 2001.

Título original: Freud's megalomania.
ISBN 85-359-0135-3

1. Ficção norte-americana I. Título.

01-2286 CDD-813.5

Índices para catálogo sistemático:
1. Ficção : Século 20 : Literatura norte-americana 813.5
2. Século 20 : Ficção : Literatura norte-americana 813.5

[2001]

EDITORA SCHWARCZ LTDA.
Rua Bandeira Paulista 702 cj. 32
04532-002 — São Paulo — SP
Telefone (11) 3846-0801
Fax (11) 3846-0814
www.companhiadasletras.com.br

Sumário

Para Catherine Temerson

Introdução

Todo século tem seus fantasmas. Alguns se retiraram com elegância, reconheceram que seu tempo chegara ao fim e desapareceram, deixando poucos vestígios de sua passagem. Outros foram mais incômodos. Um dos aspectos notáveis do final do século XX consistiu em que, quando o avanço da ciência e da tecnologia tornara suspeita a noção de fantasma, os fantasmas criaram, por vingança ou porque também eles se beneficiaram das novas tecnologias, a maior devastação de que se tem notícia na história. E quem procurou negar que eles existiam pagou por essa negação.

Anônimo

I

Jamais gostei de Freud.

Durante muito tempo acreditei que ele fora culpado por uma das piores lavagens cerebrais da história. E fiquei mais que satisfeito quando a Instituição Acadêmica se uniu, finalmente, ao coro de vozes indignadas. Se Freud foi atirado do Olimpo a que um dia foi alçado, se não é mais considerado um dos maiores pensadores da história, se hoje é sabido que enganou, mentiu e trapaceou — que *inventou* as síndromes psiquiátricas, os pacientes e as respectivas histórias para "provar" suas teorias —, não se deve esquecer que a Era da Tirania Freudiana pertence a um passado não muito distante. Erros gramaticais, má pronúncia, escrita pobre, pernas fraturadas, fornos descuidados, propostas de casamento e carteiras distraidamente esquecidas foram esquadrinhados à cata de desejos incestuosos e perversos; cidadãos comuns foram acusados de crimes que desconheciam e sua negativa servia como prova de culpa, assim como negar os achados da teoria freudiana era prova da verdade da teoria.[1] O que contava não era o que alguém sabia sobre si, mas o que não sabia. Éramos punidos e banidos por abrigar, nas profundezas da alma, demônios que nunca havíamos encontrado e de cuja existência sequer suspeitávamos.

Embora não se possa acusar Freud de ter criado guerra e devastação, ele causou sofrimento indizível a inúmeros indivíduos, com suas terapias fraudulentas; iludiu-os na crença de que eram controlados por demônios sórdidos; forçou pacientes em todo o mundo a confessar desejos e interesses lascivos que fazem da leitura do Marquês de Sade uma brincadeira infantil. Criou uma profissão que sugou pessoas inocentes cujos "problemas" uma boa surra teria curado rapidamente; convenceu os fracos de espírito de que podiam recuperar e reviver o passado conduzidos por um membro treinado de sua profissão; preten-

1. A Era da Tirania Freudiana arruinou a carreira de muitos. Para detalhes sobre um estudioso que, em tempos de tirania, foi compelido a escrever análises freudianas de trabalhos literários e reconheceu seus erros, vide Notas no final do livro, p. 141.

deu ter revelado os mecanismos fundamentais de nossos hábitos, nossos desejos, nossos amores, nossos ódios e até de nossas escolhas profissionais. Explicou tudo, do universal ao mais íntimo e privado: de um só fôlego, a história e a tragédia grega, a obsessão de uma criança por bonecas, a forma da torre Eiffel, o motivo por que mulheres usam bolsas e por que Gustav Mahler chamava sua esposa, Alma, de "Marie" — e, para começar, por que *ela* concordou em desposá-lo.[2*]

Nada escapou às revelações devastadoras da teoria freudiana ou ao escrutínio de seus seguidores, inabaláveis na crença e na dedicação ao Líder, ao Professor, ao Mestre, ao Homem que dera sentido às suas vidas — como eles dariam sentido à vida das gerações futuras. A dissidência era tratada com um desdém que seria o equivalente emocional de um milionésimo de grau acima do zero absoluto — a temperatura em que os próprios átomos se comportam de maneira idêntica.

Certamente, não é de admirar que a maioria de nós, os interessados no estudo da mente, tenha se voltado para o que era

2. Ernest Jones relata o encontro entre Mahler, que andava "angustiado com o relacionamento com sua mulher", e Freud em Leiden, em agosto de 1908. "Embora Mahler", escreve Jones, "não tivesse tido um contato anterior com a psicanálise, Freud disse que nunca tinha encontrado alguém que parecesse compreendê-la tão rapidamente. Mahler ficou muito impressionado com uma observação de Freud: 'Presumo que sua mãe se chamava Marie. Posso supor isso a partir de várias indicações em sua conversa. Como é possível que o senhor se tenha casado com alguém que tem outro nome, Alma, já que sua mãe evidentemente desempenhou papel dominante em sua vida?'. Mahler então lhe disse que o nome de sua mulher era Alma Maria, mas que ele a chamava de Marie! Ela era filha do famoso pintor (*Mahler* em alemão) [...] assim, presumivelmente um nome também teve um papel importante na vida dela" (Ernest Jones, *A vida e a obra de Sigmund Freud*, trad. Júlio Castañon Guimarães, vol. 2, Rio de Janeiro, Imago, 1989, pp. 91-2).

*Para as citações extraídas da obra de Ernest Jones, transcrevemos a tradução existente em português. (N. T.)

novo e inexplorado — cibernética, inteligência artificial, lingüística, filosofia, robótica e neurofisiologia — na esperança de escapar da tirania intelectual e científica insuportável daqueles dias. E, talvez para nos proteger do assalto interminável da interpretação psicanalítica, também tínhamos nossos deuses e semideuses, John von Neumann, Alan Turing, Kurt Gödel e Norbert Wiener. Estávamos todos muito excitados, pois participávamos do nascimento de uma ciência nova e poderosa. Eu e meus colegas abríamos caminhos novos em nossa compreensão da mente, das máquinas e do cérebro. Éramos uma grande família de "cogs"[3] felizes.

E então aconteceu algo que modificou definitivamente minha visão do que havíamos feito e do rumo que tomávamos.

Um dia, veio ao meu escritório uma mulher de estatura mediana, com um rosto de beleza incomum. Apresentou-se como Bernadette Schilder e entregou-me um manuscrito que dizia ser de Sigmund Freud.

Na noite anterior eu havia participado de uma reunião bem ruidosa entre psicanalistas, psicólogos, filósofos e cientistas.

Como já disse, jamais gostei de Freud, mas naquela noite tivera dificuldade de engolir as pretensões "científicas" arrogantes de seus críticos mais loquazes: misturavam críticas a seus métodos e à impossibilidade de testar suas teorias com questionamentos sobre sua ética pessoal.[4] Sentia-me igualmente des-

3. Cientistas cognitivos.

4. O relacionamento que Freud manteve com a cunhada Minna foi objeto de preocupação considerável entre seus detratores. Peter Gay, que sempre o defendeu, como homem e cientista, solicitou aos Arquivos Freud que lhe permitissem consultar a correspondência Freud-Minna entre 1893 e 1910. Informaram-lhe que havia desaparecido. Frederick Crews afirma que ela pode ser encontrada no "Container" Z3 (F. Crews, *The Memory Wars,* Nova York, A New York Review Book, 1995, p. 134). Não estou certo do que um caso entre Minna e Freud provaria sobre a teoria ou a ética freudiana.

confortável junto aos defensores fanáticos de Freud e das teorias dele. Falavam como se a ciência da mente tivesse começado em 1899 e terminado com a morte de Freud, em 1939.

Irritado, eu dissera em público que, embora não simpatizasse com os defensores de Freud, teria sido fácil argumentarem que as pretensões convictas de seus críticos estavam deslocadas. Também dissera que, apesar do muito que se aprendera sobre o cérebro nos últimos cinqüenta anos, ainda não estávamos mais próximos de compreender os mistérios do sexo, do desejo, da consciência, do andar, da visão, do pensamento, da hipocrisia, da fraude e da mentira. E expliquei que, se a "ciência" — por interessante que isto fosse — descobrira a importância dos neurotransmissores em nossos estados de depressão, alegria e ira, saber que há um aumento de determinado neurotransmissor quando estamos deprimidos não explica melhor a depressão do que a teoria freudiana; uma dosagem dos níveis dos neurotransmissores também não nos ajuda a compreender nossos sentimentos, por que os temos, o que os causa, qual será sua duração e como podemos evitá-los. Lembrei à platéia que não somos capazes de construir robôs tão ameaçadores quanto os clones com inteligência humana dos celulóides de Hollywood.

Minhas observações foram recebidas com gritos de todos os cantos do auditório, e a reunião encerrou-se antes de qualquer sinal de restabelecimento da ordem. Recebi tanto cumprimentos por minhas observações quanto advertências de que minha estupidez e cegueira certamente levariam minha carreira científica a um breve e merecido fim.

Bernadette Schilder, que conta sua própria história nas páginas seguintes, e o *Manuscrito* de Freud foram, de certa forma, recompensas por minha coragem naquela noite. Eu não podia imaginar o que estava prestes a descobrir, mas já no primeiro encontro com aquela mulher percebi alguma coisa, algo no modo como tirou o casaco e sorriu, a me dizer que ela quebraria a rotina.

Mas transcorreriam várias semanas até que eu conseguisse ler o *Manuscrito*. Na verdade não esperava nada de interessante de um homem que desconhecia computadores, a superfície da Lua ou o DNA. Como eu disse, Freud não me parecia mais relevante para os últimos anos do século XX do que a teoria dos humores de Galeno ou a teoria do movimento de Aristóteles.

Quando finalmente o li, fiquei maravilhado com o poder e a relevância extraordinários do *Manuscrito*. Pois nele Freud não só reconhece as inadequações do seu próprio trabalho, como levanta questões sobre a autoridade, o poder e o conhecimento que, a meu ver, são novas. Tenho certeza de que os estudiosos se surpreenderão com a fertilidade da mente de Freud em seus últimos anos. Nem os principais oponentes de suas doutrinas formularam críticas tão profundas quanto as que o *Manuscrito* contém. Freud, mais que qualquer de seus críticos, anteviu as reações populares, científicas e acadêmicas a seu trabalho no meio século posterior a sua morte, e além disso compreendeu a história da ciência com uma profundidade ausente mesmo entre os filósofos da ciência. O ridículo a que ele foi e continua sendo exposto perde a força à luz do *Manuscrito*.

Freud revela nesse texto um segredo pessoal obscuro que conseguiu esconder de amigos, da família e do público por mais de meio século.

Ao reexaminar o próprio testemunho no julgamento do amigo dos tempos de escola, o austríaco vencedor do prêmio Nobel Julius Wagner-Jaurreg,[5] Freud chega a conclusões radicais sobre

5. Julius Wagner-Jaurreg (1857-1940) ou Wagner von Jaurreg, freqüentemente mencionado como Wagner no *Manuscrito*, encontrou Freud em 1880, durante o curso médico. Recebeu o prêmio Nobel de Medicina ou Fisiologia em 1928, por sua terapêutica para a febre palúdica, discutida no *Manuscrito*. Ad-

as raízes do colapso mental e físico dos soldados que retornavam do serviço militar no front, conclusões que ultrapassam muito as experiências de guerra daqueles jovens. No front, o soldado se ilude sobre as razões pelas quais está ali, bem como sobre sua importância no combate; da mesma forma, também somos todos compelidos a um estado de auto-engano quase permanente, pelos limites de nosso conhecimento e da compreensão acerca de nossa vida e da vida alheia, e por um profundo equívoco sobre a natureza da autoridade e nossa relação com ela.

O novo e surpreendente no Freud do *Manuscrito* é a afirmação de que a psicologia humana não seria possível sem o auto-engano, a falsidade, a mentira e as represálias. Isso tudo não são faltas irrelevantes de indivíduos racionais; constitui a essência da "racionalidade". Nem a batalha nem as recompensas prometidas são, de modo algum, o que parecem.

Mas um dos traços magistrais do ensaio é, sem dúvida, o discernimento de Freud quanto à importância das emoções num mundo de auto-enganos e mentiras. Assim como os limites do conhecimento impedem que a razão determine nossos atos, nossas emoções iludem-nos por meio da crença no "acerto" de nossas ações. O que emerge do *Manuscrito* é uma apreensão extraordinária das raízes psicológicas de nossa sobrevivência nesse mundo do imprevisível.

Enquanto Freud testemunhava os primórdios de eventos que culminaram com o colapso da autoridade política e das ideologias, o *Manuscrito* sugere que ele então começava a descobrir as raízes psicológicas dos eventos extraordinários, políticos e cien-

---

versário da psicanálise, Wagner manteve uma correspondência amistosa com Freud ao longo de sua vida. O julgamento de Wagner, em 1920, seguiu-se a denúncias de soldados austríacos sobre certas práticas adotadas em sua clínica durante a guerra. A história é extensamente discutida no *Manuscrito* de Freud.

tíficos, que tanto nos oprimiram nessas últimas décadas. Se alguém esteve próximo de dar um sentido àqueles acontecimentos, foi o Freud do *Manuscrito*.

Nele há muito para estimular os neurocientistas também. Evidentemente, Freud desconhecia o espírito das ciências biológicas contemporâneas. Algumas de suas idéias mais importantes foram inspiradas pelo trabalho de John von Neumann, e há uma relação espantosa entre as teorias de Neumann e Freud.[6] Essa minha descoberta resultou da consulta que enderecei aos Arquivos Freud, a fim de saber se tinham alguma informação referente ao *Manuscrito*. De início ficaram desconcertados.[7] Depois me enviaram dois artigos que me autorizaram, gentilmente, a publicar junto com o *Manuscrito*.

Deixarei para o leitor o prazer de descobrir os conteúdos surpreendentes desses artigos. Pessoalmente, considero o registro de Freud sobre seus encontros com o sócio de Gustave Eiffel, Maurice Koechlin, um dos escritos mais comoventes que ele deixou.[8] E, como o leitor também descobrirá por si, tanto esse texto como as anotações de Anna Freud sobre Von Neumann ampliam a riqueza do *Manuscrito* original e sua relevância para a ciência contemporânea.

6. John von Neumann (1903-1957) foi um dos principais matemáticos do século XX. Para mais detalhes vide Notas, pp. 142-3.
7. Vide meu comentário editorial, pp. 131-2.
8. Gustave Eiffel (1832- 1925) é mais conhecido pela torre de trezentos metros que leva seu nome, construída para a Exposição Universal de Paris de 1889. Maurice Koechlin (1856-1946) trabalhou com ele de 1879 a 1895. O relacionamento entre os dois, especialmente seus respectivos papéis na construção da famosa torre, é discutido no ensaio póstumo de Freud, "A torre de Babel", encontrado nos Arquivos e publicado aqui pela primeira vez, pp. 114-30.

Há, entretanto, razões mais profundas e pessoais para que eu considere o *Manuscrito* tão gratificante. Naquela noite em que a elite intelectual e científica estava destroçando Freud, uma litania sobre seus fracassos e o dos freudianos foi lida por um dos participantes. Como o leitor há de concordar, ela não destoava de meu próprio pensamento. Eis o que se leu:

> *As características antiempíricas do movimento [freudiano] são abundantes. Incluem seu culto à personalidade do fundador; sua abordagem circunstancialmente anedótica da corroboração; a destituição cavalheiresca de seu problema epistêmico mais insistente — o da sugestão; sua confusão habitual entre especulação e fato; sua tendência à generalização a partir de um pequeno número de instâncias examinadas com imperfeição; a proliferação de entidades teóricas que não possuem referentes examináveis; sua falta de vigilância contra a autocontradição; sua comunicação seletiva de dados, para se adequar ao entusiasmo teórico mais recente;* [...] *sua indiferença às pretensões rivais e à ciência predominante;* [...] *sua insistência em que apenas os iniciados têm o direito de fazer críticas; sua estigmatização da discordância como "resistência", ao lado do corolário de que, como Freud o disse, toda resistência constitui "uma prova real em favor da correção" da teoria* (ES 13:215)[9] [*] *e sua fé narcísica em que, de novo nas palavras de Freud, "as aplicações da análise são, também, sempre confirmações dela"* (ES 22:178) [Frederick Crews, *The Memory Wars*, Nova York, A New York Review Book, 1995, nota 24, pp. 61-2].

9. As citações foram extraídas da *Standard Edition of the Complete Psychological Works of Sigmund Freud*, editada por James Strachey, Londres, The Hogarth Press.

*Para as citações da obra de Freud, utilizamos a *Edição Standard* (ES) das *Obras psicológicas completas de Sigmund Freud*, trad. José Luís Meurer, direção de Jayme Salomão, 1ª ed., Rio de Janeiro, Imago, 1974. O volume e os números de página acompanham as iniciais ES. (N. T.)

Eu concordava com tudo aquilo. O que me incomodou foi que se aplicava tanto a Freud e aos freudianos como a muitos de meus colegas.

Nada disso estava articulado com muita clareza quando eu e meu colaborador mais próximo partimos para um ciclo de palestras pela Europa, algumas semanas depois da visita de Bernadette Schilder ao meu escritório. A viagem terminou em Londres, e eu decidira tirar umas férias curtas em Paris antes de retornar a Nova York. Ainda em Londres, Norman insistira em me ver.

II

Iniciei a leitura do *Manuscrito* póstumo de Freud no Eurostar, em algum ponto do túnel entre Londres e Paris. Meu estado de espírito naquele momento pode explicar melhor por que essa obra me impressionou tanto — e ainda me impressiona.

Faltavam dez minutos para as cinco, e Dicke — Norman Dicke, com quem eu fora co-autor de mais de quarenta artigos científicos em cinco anos de colaboração — estava parado na entrada da estação de Waterloo, apertando um pacote da FedEx contra o peito. Ao me ver, mergulhou a mão no envelope branco, retirou um pequeno livro azul e estendeu-o sob o meu nariz enquanto o abria nos Agradecimentos. Apontando o meio da página com o dedo indicador gorducho, ele disse: "Leia isso!" e, como hesitei, repetiu: "Leia!".

Eu li: "Albert Stewart foi uma caixa de ressonância crítica e imaginativa".

Fechei o livro, devolvi-o e me dirigi à estação de Waterloo.

Nunca pensei que deixar um ganhador do prêmio Looker parado no meio da rua, carrancudo, de queixo caído, punhos cerrados, como se fosse acertar uma direita em minha mandíbula... Não, eu nunca pensei que me daria tanto prazer deixá-lo ali parado, fora da estação de Waterloo. Norman Dicke, laureado com o prêmio Looker, fora meu colega mais chegado por mais de cinco anos. Eu costumava desejar encontrá-lo — ou simplesmente escutá-lo, quando a inspiração batia às duas, três ou quatro da manhã. Alimentava-me dele, quando não jantava com ele. Norman havia se insinuado em minha vida de tal modo, que não estou certo de não ter andado por aí pensando ser Norman Dicke, como os biógrafos que se transformam nos personagens sobre os quais escrevem.

Sim, eu o deixei ali plantado com seu novo livro recém-saído da gráfica e o embrulho da FedEx nas mãos.

A última chamada dos passageiros das cinco e quarenta já fora feita; eu tinha de passar pela alfândega o mais rápido possível. À medida que descia a plataforma até o vagão 23, fui invadido por um profundo arrependimento.

Entretanto, não sei bem do que me arrependia. Eu disse que me alimentara de Dicke: eu me alimentara de seus ardis, de suas mudanças súbitas de humor, de sua necessidade constante de apaziguamento, da veemência rude com que derrubava outros cientistas e as teorias *deles*, de suas pretensões ao talento nas artes — música, literatura e pintura — e de sua necessidade de ser cortejado, como se não existisse mais ninguém digno de atenção. Ele tivera um relacionamento desastroso de mais de vinte anos com a mulher e casos esporádicos que se sentia compelido a insinuar a seus pós-doutorandos. Havia rumores sobre atrizes de cinema, princesas e esposas de outros laureados, seduzidas e abandonadas. Não sei se algum deles era verdade.

Para Dicke, o que importava (e o leitor do *Manuscrito* de Freud está prestes a descobrir *por quê*) era *a* Teoria, a *Teoria das Alças* do *Doutor* Norman Dicke — concebida na noite de 23 de dezembro de 1994, quando uma violenta tempestade de neve aterrou o monomotor de Dicke na cidade siberiana de Krasnoyarsk, aonde ele fora auxiliar os russos na construção do primeiro robô destinado ao espaço exterior. Incapaz de dormir, estabelecera febrilmente as equações da Teoria das Alças (a base para a versão ampliada no pequeno livro azul, para a qual eu fora a "caixa de ressonância" três anos depois) — uma teoria que eu acreditava estar no cerne da compreensão atual da mente humana. Minhas palestras ao redor do mundo incluíam diapositivos dos papéis amarfanhados que Dicke trouxera da Sibéria, preservados até hoje na caixa-forte do Instituto. Eu me orgulhava daquelas anotações rabiscadas, como me orgulhava de ser colega e amigo íntimo de Dicke, porque a Teoria das Alças era a teoria definitiva, a teoria que teria deixado Platão, Pascal, Descartes, Leibniz, Boole, Turing, Von Neumann e Einstein espantados. Alças é a denominação das vias intrincadas e sutis pelas quais o cérebro se comunica consigo mesmo, com outros cérebros, com o ambiente, enfim, com o universo como um todo. "Nós somos alças e nos enlaçamos." A teoria era tão profunda quanto complexa e obscura; mesmo que se chegasse a apreendê-la, a compreensão da sua totalidade não duraria mais que um instante. "Você a tem, e ela desaparece", dizia Dicke.[10]

10. Existe uma confusão considerável sobre a relação entre o trabalho de Dicke e a "Teoria da Pasta Cerebral", amplamente difundida. O diálogo que se segue entre Dicke e um jornalista de rara hostilidade, I. D. Rappaport, de *The Economist*, ilustra o equívoco (*todos* os comentários são, evidentemente, de Rappaport, como publicados no artigo):

"É exatamente como a Pasta Cerebral, não é?", perguntou *The Economist*.

"Pasta Cerebral?", repetiu Dicke. Ficou branco como uma folha de papel. Pelo que deve ter parecido uma eternidade, ele ficou sentado ali, todos os traços do rosto completamente paralisados, fitando o repórter. "Você está chamando as minhas Alças de Pasta Cerebral? Será que eu ouvi direito?" Seu tom de voz sugeria ofensa criminal.

Até hoje, a conseqüência mais espetacular da teoria e, certamente, uma das maiores conquistas científicas de nossos dias foi a "Máquina Marilyn".

Enquanto o Eurostar disparava sob três milhas de terra e água, relembrei a apresentação extraordinária da "Marilyn" no Palazzo Vecchio, em Florença, na semana anterior a nossa chegada a Londres; para surpresa de todos — inclusive de Dicke — a máquina de repente dissera "*Mi piace*" (embora o restante de sua fala fosse incompreensível). E duas noites mais tarde ela novamente fizera um esforço especial para a audiência da Academia Real de Ciências, dizendo "*Honni soit qui...*". A frase se extinguiu num balbucio ruidoso que não diminuiu em nada o entusiasmo da platéia por nossa criação eletrônica maravilhosa.

"Bem, com certeza. Fala-se muito que a Teoria da Pasta Cerebral e a Teoria das Alças são, na verdade, formas diferentes de dizer a mesma coisa. Alguns cientistas dizem que a Alça é simplesmente uma maneira obscura de se falar da Pasta. Dizem que a Teoria da Pasta Cerebral — de que todos os cérebros têm pasta, que a pasta gruda e que não existem dois cérebros grudados da mesma forma — é muito mais clara do que a das Alças, e que a Pasta Cerebral foi encontrada, ao passo que ninguém jamais viu uma Alça. Você tem algum comentário a fazer?"

"Se tenho algum comentário a fazer? Sim, tenho muito a comentar. Você não é cientista; limite-se a escutar. Eu dirijo o laboratório cerebral de maior prestígio do mundo. Veja se entende. Não existe nada como a Pasta Cerebral. Está me ouvindo? É um artefato experimental. A Pasta Cerebral é apenas a Teoria das Alças numa roupagem encharcada. Não há pasta ali. Se houvesse, teríamos uma máquina toda grudada. Não há como imaginar. Onde está o pensamento na pasta? Você já se perguntou? Vá e pergunte a seus cientistas. Por falar em ser obscuro. Se as Alças fossem pasta, elas não laceariam. São as Alças que formam uma espécie de fita Durex, ligando — essa é a palavra importante —, ligando e laceando. Entendeu? Quando escrevi meu 'Esboço sobre a Teoria das Alças e a mente', falei de uma pasta matemática — é mesmo muito difícil explicar, simplesmente não dispomos de matemática adequada para explicá-la, mas é isso, pasta matemática, uma pasta matemática que gru-

Espantosamente, Marilyn não só falara de modo adequado em ambientes estranhos, mas também flertara com o público e se mostrara orgulhosa de sua "aparência" e seu "corpo" — o que desconcertara até o próprio Dicke, pois não sabíamos o que Marilyn queria dizer por sua "aparência", ou o que poderia significar seu "corpo". Mas era inegável que essa preocupação com aparência e corpo mostrava o quanto dos *pensamentos* da Marilyn Monroe real nós tínhamos apreendido com sucesso em nossa máquina. Pois se a beleza está na mente do observador, uma máquina que pensa ter "aparência" deve possuir uma mente. Marilyn era um triunfo da Teoria das Alças.

Na verdade, eu ouvira muitas vezes que Dicke só conseguia fazer sexo se Marilyn estivesse olhando. Algumas mulheres objetavam àquela presença, e ele tinha de guardar a máquina no armário, mas parceiras experientes tendiam a ser mais tolerantes. Nenhuma das mulheres de Dicke que encontrei — e acho que as conheci todas no período em que freqüentei o laboratório dele — era capaz de dizer o que o excitava: seu guincho "Oh, querido", sua imitação da dança dos sete véus ou a simples idéia de que Marilyn estava ali, vendo-o com outra mulher. Afinal de contas, Marilyn era apenas uma máquina com uma voz sexy artificial e uma coleção de imagens eróticas.

---

da o cérebro, matematicamente falando, é claro. Foi daí que tomaram a idéia de uma pasta. O restante do artigo era muito complexo para que o compreendessem. Tudo de que as Alças tratam é matemática. Não se pode fabricar cola matemática. É como chamar de cola o sinal de adição. Adicionar não é *grudar* números. A adição utiliza uma cola matemática. O cérebro também tem uma cola matemática — nas Alças. Mas isso é bem mais complicado do que 'grudar' números. Essa cola gruda idéias, pensamentos, o que você quiser. Gruda matematicamente. É nisso que dá simplificar idéias matemáticas e científicas. Vira uma confusão grudenta — um monte de cola! Cola de Pasta Cerebral é como pôr merda entre papéis e esperar que eles grudem. Grudarão

Mas Dicke referia-se a ela como a uma mulher de carne e osso que o observasse na hora do sexo. Exaltava as qualidades dela para mulheres seminuas deitadas na cama dobrável junto à parede do escritório; dizia-lhes que Marilyn não tinha igual. Não havia dúvida de que a presença dela o excitava muito.

Mas nós todos sabemos — mulheres, homens e até os ratos do laboratório — que o maior prazer de Dicke era estudar a si mesmo. Por isso passava tanto tempo olhando-se no espelho que guardava na gaveta da escrivaninha. Também por isso ensaiava todos os encontros — sexuais, intelectuais e acidentais — em seu espelho mágico. Pois era necessário um ensaio cuidadoso para que Dicke evitasse a careta ocasional, o olhar de dor, a dor que ele tantas vezes *sentia*, mas não podia manifestar na presença daqueles que se diziam seus pares, seus iguais ou meros semelhantes, membros da família humana. Dicke não tinha iguais, e isso ele devia guardar para si em suas transações normais com a humanidade."[11]

Eu prometera a Bernadette Schilder e a seu editor que leria e comentaria o manuscrito que arrastava pela Europa; mas,

---

com certeza, mas quem vai querer os papéis depois disso? É isso que a Pasta Cerebral faz aos pacientes. Põe merda em seu cérebro."

Não obstante, a idéia de que nosso cérebro possa ser pouco mais que cola poderia obter o apoio daqueles que consideram toda a biologia redutível à física. Num artigo intitulado "E você é Cola", o físico Frank Wilczek escreveu: "O fato de prótons e nêutrons serem feitos de quarks é uma meia-verdade amplamente aceita. Na realidade, físicos estão descobrindo progressivamente que isso é bem menos que metade da verdade [...] [O]s glúons coloridos foram um dia concebidos como mera pasta [...] Não mais. De perto, os quarks mostram-se mais vistosos, mas os glúons surgem como os constituintes mais pesados e dinâmicos da matéria". Também, "Quanto mais de perto observamos, mais um próton (ou nêutron) parece um embrulho de cola mole" (*Nature*, vol. 400, 1º de julho de 1999, 21-3).

11. O *Manuscrito* discute Wagner-Jaurreg extensamente (vide nota de rodapé 5). O Wagner de Freud revela uma semelhança sinistra com Dicke. Evidentemente, minha compreensão sobre Dicke pode ter sido influenciada pela leitura do *Manuscrito* de Freud, embora eu tenha boas razões para duvidar disso.

convenhamos, era impossível, numa viagem tão excitante. Um manuscrito de Sigmund Freud não podia competir com a Teoria das Alças (à qual eu mesmo dera contribuições importantes) e com nossa Máquina Marilyn. Freud teria problemas para apreender as verdades científicas elementares que tornaram Marilyn possível, verdades como a opinião amplamente aceita de que crenças e desejos são símbolos *físicos* em nosso cérebro — átomos e moléculas de nossos pensamentos e emoções —, que colidem uns contra os outros, modificam-se e originam símbolos novos... exatamente como átomos colidem e originam átomos e moléculas novas. Ele também não compreenderia que essas verdades nos permitem entender *por que* temos certas crenças e desejos, e *como* eles se modificam.

Perguntas sobre o que nos faz masoquistas ou sádicos, histéricos, obsessivos, depressivos ou eufóricos, o que nos faz brilhantes ou estúpidos, amáveis ou detestáveis, o que nos faz cidadãos respeitadores das leis, criminosos, artistas ou cientistas — perguntas que ocupam as colunas dos jornais e às quais especialistas e jornalistas oferecem respostas fáceis na televisão —, todas essas perguntas agora podem ter uma resposta *científica*. A forma *física* do *símbolo* do masoquismo (ou sadismo, depressão, alegria, prazer etc.) no cérebro é a *causa* do ato *físico* do masoquismo! Foi preciso inventarem o computador para que tais verdades fossem descobertas, embora elas hoje sejam óbvias para qualquer criança de quatro anos iniciada em computação.

Com isso, como fica a teoria freudiana? Freud, com sua conversa toda sobre símbolos, fracassou na compreensão de que não é a *idéia* representada pelo símbolo que nos faz pensar e agir de determinada maneira: o *contorno*, a *forma* do símbolo é que *causam* o pensamento e a ação.[12]

12. Hoje em dia é lugar-comum cientistas e intelectuais eminentes enfatiza-

Esses pensamentos agradáveis sobre Marilyn e a Teoria das Alças (e a irrelevância da teoria freudiana) apagaram-se subitamente quando o Eurostar mergulhou no túnel do canal da Mancha. Fui assaltado pelas conseqüências inevitáveis de minha atitude em Waterloo. Ao dar as costas para Dicke, eu dera as costas para a excitação intelectual e científica daqueles anos de colaboração. Nunca mais me encontraria no olho do furacão, no redemoinho vertiginoso dos avanços velozes das descobertas científicas que semeavam devastação no que era velho e abriam caminho para novas aventuras e ousadias da imaginação. Minha colaboração com Dicke estava encerrada. Como as mulheres, eu fora seduzido por ele; e, como elas, por manifestar uma mínima resistência a suas necessidades tirânicas, eu seria agora atirado à cova sem fundo do esquecimento de Dicke. Eu já vira isso antes.

"Você antes não trabalhava com Albert Stewart?", perguntaria um dia um jornalista ingênuo.

"Nunca ouvi falar dele."

"Mas no seu livro você..."

"Foi erro de impressão. Aqui está a edição corrigida."[13]

---

rem essas verdades fundamentais, evidentes por si mesmas. Eis dois exemplos amplamente difundidos:

1º) "Se os bits de matéria que constituem um símbolo são ajustados para topar com os bits de matéria que constituem outro símbolo exatamente do jeito certo, os símbolos correspondentes a uma crença podem originar novos símbolos correspondentes a outra crença relacionada logicamente com a primeira, o que pode originar símbolos correspondentes a outras crenças e assim por diante" (Steven, Pinker; *Como a mente funciona*, São Paulo, Companhia das Letras, 1999, pp. 35-6).

2º) "As propriedades físicas sobre as quais se mapeia a estrutura dos símbolos *são as mesmas propriedades que levam o sistema a se comportar como o faz*. Em outras palavras, os correlatos dos símbolos e suas propriedades físicas causam o comportamento do sistema" (Fodor & Pylyshyn, em Haugeland, *Mind Design II*, Cambridge, MIT Press, 1977).

13. Não sei por que (talvez um freudiano tivesse uma explicação), mas uma

O trem entrara no túnel havia dez minutos. As janelas espelhadas refletiam imagens dos passageiros, que me pareciam todos algo preocupados com a duração da viagem. Tentava me concentrar em Dicke e em mim, mas nem esses pensamentos perturbadores superavam o medo que me dominava à lembrança de que o túnel fora reaberto havia menos de um mês. Quase um ano antes, o Grande Incêndio havia deixado os planos de viagens de férias, nos dois lados do túnel, em completa confusão. (O trem parecia sacudir mais que de hábito, embora eu o tivesse tomado mais de um ano atrás e não me recordasse com precisão daquela experiência.) Não eram as máquinas que me preocupavam, mas o pessoal: tinham permitido que um trem em chamas mergulhasse no túnel e continuasse em velocidade máxima, até se transformar numa massa de metal derretido a dois mil

---

das pós-doutorandas, Debra, fixou-se em minha mente naquela noite, enquanto o trem mergulhava no túnel. Lembrei-me da noite em que jantávamos no Il Mondo — era o favorito de Dicke, com muitas gôndolas pintadas nas paredes — e ele contava como, numa palestra que dera naquele dia, havia "detonado as mentes" de um grupo de estudantes com seu discurso habitual sobre Marilyn. Nada que não tivéssemos ouvido antes. Em seguida, Debra, como do nada, deixou escapar: "Você deveria construir uma máquina que faz xixi na calça e se queixa do cheiro e da umidade. Isso os faria pensar". Dicke mordeu a língua. Pensei que ele diria algo sarcástico sobre Debra ter levado um ano para pensar naquilo, mas apenas a fitou. E ela acrescentou o *coup de grâce*: "Que animal não é obrigado a mijar?". Dicke tentou seduzi-la. Tentou para valer. Chamou-a de "filósofa feminina da consciência cloacal", disse que ela era engraçada e explicou que não era preciso ser freudiano para saber que toda aquela conversa sobre "urinar" não passava de flerte. Assumiu ares de maior cientista vivo do mundo e colocou a Grande Bertha de seu intelecto em ação. E disse: "Falo de biologia, da biologia da mente". Eu mesmo não podia imaginar uma questão mais *biológica* do que urinar.

Debra terminou seu pós-doutorado em outro laboratório, mas sempre acreditei que Dicke esperava que ela voltasse implorando-lhe que a acolhesse novamente.

Ela nunca o fez.

graus no meio do canal, quando foi, finalmente, obrigado a parar. Para dissipar o medo de ser queimado vivo lá dentro, peguei minha maleta e tirei a primeira coisa que minha mão insegura tocou. Era o *Manuscrito* de Freud, que eu prometera a Bernadette Schilder e a seu editor que leria antes de retornar a Nova York.

E foi assim que li o manuscrito da *Megalomania* de Freud.

Li a última página quando o trem entrava na Gare du Nord. Pensei que, em nossas obsessões com Alças e Máquinas Marilyn, deixáramos escapar a questão maior de *nossas próprias* obsessões. No entanto, não era curioso as ciências contemporâneas se ocuparem das mesmas questões que Freud analisara de modo tão penetrante em sua obra póstuma? Teoria dos Jogos, estratégias *Tit for Tat*,* o Dilema do Prisioneiro e Genes Egoístas (como os próprios nomes sugerem) versam todos sobre os mesmos problemas que a *Megalomania* de Freud, embora nunca atinjam o âmago da questão.[14] Esse tema se esclarecerá com a leitura das recordações de Anna Freud sobre uma conversa que teve com John von Neumann, publicadas ao final deste livro com autorização dos Arquivos Freud. Naquela conversa, o reconhecimento relutante de Von Neumann a Anna Freud de que a Teoria dos Jogos era um fracasso — e isso antes de seu renascimento em estratégias *Tit for Tat* e Genes Egoístas — é semelhante ao reconhecimento do fracasso das teorias psicanalísticas freudianas registrado no manuscrito da *Megalomania*. Tanto Neumann como Freud acabaram rejeitando pontos de vista situados no cerne de suas respectivas teorias, a saber, que a chamada moralida-

*Expressão utilizada na Teoria dos Jogos, originária de "this for that", com o sentido de "um pelo outro", "olho por olho" ou "na mesma moeda". (N. T.)

14. Para uma discussão mais extensa das teorias contemporâneas, vide Notas, pp. 143-4.

de, ou lei moral, deriva de *decisões estratégicas baseadas no interesse próprio*. Se o jogador de pôquer de Von Neumann era um especialista na arte do blefe, o inconsciente de Freud também era. Independentemente daquilo em que acreditem os detratores atuais de Freud, o que Von Neumann fez foi tomar o que Freud chamou de inconsciente e enfiar numa máquina lógica. É o que ele afirma para Anna Freud, segundo a qual Freud nada teria a objetar. Ao contrário, ficaria satisfeito em ser associado a Von Neumann. Pelo menos o Freud *pós-Megalomania* ficaria.

O ônibus 47 deslizou pelo boulevard Sebastopol. Eu ria sozinho. Dificilmente encontraria um antídoto melhor contra Dicke (e contra o medo das conseqüências de tê-lo desdenhado em Waterloo) do que o *Manuscrito*. Enfim, os detratores de Freud estavam certos quanto ao Freud pré-*Manuscrito*. Freud teria concordado com eles. Não perceberam, porém, que as teorias que consideravam como ciência real — teorias sobre Genes Egoístas, *Tit for Tat* e símbolos físicos sendo chacoalhados em máquinas lógicas — eram (como John von Neumann disse a Anna Freud) apenas uma reescrita fantasiosa de Freud, uma atualização, na linguagem da tecnologia mais recente!

É claro que Freud não poderia saber que sua crítica ao próprio trabalho se aplicaria igualmente a uma ciência nova e excitante que despontava das descobertas e invenções — acima de tudo do DNA e do computador — posteriores a sua morte. A Teoria das Alças não é mais próxima da verdade do que a teoria freudiana — o que não significa que ambas sejam inúteis. Elas nos advertem de que a autoridade moral e intelectual não é forçosamente sustentada por uma verdade universal. Ao contrário, como Freud nos mostra de modo tão comovente em sua obra póstuma, há uma parcela enorme de blefe em nossa ciência, em nossos pronunciamentos morais e em nossa psicologia cotidiana. Temos de blefar para preencher as imensas lacunas de nosso conhecimento acerca de nós mesmos. Basta observarmos um robô do MIT* em ação ou lermos a explicação *científica* da consciência, do andar, da visão, do desejo, do pensamento, da memória, da hipocrisia, da fraude e da mentira para sabermos que, se Freud não tivesse escrito *Megalomania*, alguém o faria.

Mas por que levou mais de meio século para se descobrir essa obra, aparentemente desconhecida até por Anna Freud? Essa história, contada nas páginas seguintes, é tão extraordinária quanto o próprio manuscrito.

PÓS-ESCRITO: Nunca mais vi Norman Dicke.

*Massachusetts Institute of Technology. (N. T.)

Nota sobre o *Manuscrito*

O *Manuscrito* foi traduzido por Bernadette Schilder. A caligrafia grande e grossa de Freud estava no verso de papéis de carta do Hotel Brésil de Paris. Contava 127 páginas numeradas.

No prefácio, Bernadette Schilder relata como o obteve. Os dois artigos encontrados nos Arquivos Freud não deixam dúvida quanto a sua autenticidade. O ensaio "A torre de Babel" traz uma referência explícita a Wagner-Jaurreg que seria incompreensível sem a leitura do *Manuscrito*. Aliás, antes que este fosse conhecido, estudiosos dos Arquivos Freud não conseguiam atribuir nenhum significado ao ensaio, cujos temas ilustram algumas das principais idéias que inquietavam Freud quando redigiu sua última grande obra.

Porém, embora ela aparentemente ignorasse o que Freud escrevia na época, a referência de Anna Freud aos impressos do hotel em que escreveu o *Manuscrito*, em suas "Anotações sobre uma conversa com Johnny von Neumann", é sem dúvida muito surpreendente. O artigo de Anna também era conhecido pelos estudiosos dos Arquivos, mas adquiriu sentido somente à luz do *Manuscrito*. Já comentei a relevância extraordinária desse artigo para as discussões científicas e filosóficas atuais, bem como sua ligação profunda com a obra póstuma de Freud, que Anna parecia desconhecer.

Na medida do possível, e sem sobrecarregar o texto com detalhes desnecessários, acrescentei notas de rodapé com informações biográficas sobre os indivíduos mencionados por Freud. Também assinalei um paralelo entre a história do estuprador narrada por Freud e outra história de estuprador, ocorrida recentemente na França, de notável semelhança — paralelo que reforça a discussão de Freud.

O *Manuscrito* é, de certa forma, o comentário final de Freud sobre sua vida e obra. Por essa razão, tentei apontar algumas das modificações importantes que seus pontos de vista sofreram. Também procurei esclarecer detalhes científicos que pudessem ter relevância para a compreensão contemporânea da importância de sua obra póstuma.

Convidei intelectuais, estudiosos e cientistas para comentarem o *Manuscrito* antes de sua publicação e incluí algumas das contribuições nas notas. Lamento que limitações de espaço tenham me impedido de publicá-las todas, pois foram de altíssima qualidade. Dei preferência aos comentários sobre temas que seriam, possivelmente, mais polêmicos.

Espero que as notas respondam a muitas questões e peço a indulgência do leitor quanto a alguma omissão evidente de minha parte.

Além dos Arquivos Freud, agradeço à família de Maurice Koechlin por revelar e autorizar a publicação de passagens do *Diário* de Koechlin, incluídas nas notas de rodapé de "A torre de Babel".

Finalmente, eu seria mais que remisso se não reconhecesse que, na preparação do *Manuscrito* para publicação, fui guiado pela sabedoria e a percepção de Bernadette Schilder, sem a qual essa história jamais seria conhecida. Por razões que se tornarão claras para o leitor, Freud dedicou o trabalho original à mãe dela. E a Bernadette desejo dedicar minha própria contribuição, infinitamente mais modesta.

Albert J. Stewart

Prefácio

Sou uma das netas de Freud. Nunca me encontrei com os demais membros da família dele, que certamente não me conhecem, assim como os estudiosos e psicanalistas que, em anos recentes, não hesitaram em especular sobre sua vida privada. Minha mãe, Emma, era filha de Adelaide Benesch, amante de Freud durante muitos anos.[1] Ela também é desconhecida para a família de Freud, estudiosos e psicanalistas. Mas Adelaide fez parte, e muito, da vida dele. Tinha dezesseis anos quando o encontrou pela primeira vez, em 1916, no trem entre Viena e Berlim, e viu-o pela última vez um ano antes da morte dele.

Quando eu era criança, nós morávamos em Londres, onde minha mãe trabalhava como tradutora. Cerca de um ano antes de morrer, minha avó me contou que possuíamos um manus-

1. Não existe absolutamente nenhuma menção a alguma amante de Sigmund Freud em todas as biografias oficiais ou não-oficiais. O nome Adelaide Benesch não aparece em nenhuma correspondência conhecida de Freud, e os documentos relevantes da prefeitura de Berlim foram destruídos durante o bombardeio da cidade ao final da Segunda Grande Guerra.

crito de Sigmund Freud que no futuro seria muito valioso. Antes disso, ela nunca mencionara meu avô. Lembro que, dias depois, eu estava lendo *As viagens de Gulliver* quando Adelaide me mostrou a análise de um sonho no qual ele urinara no assento de um vaso sanitário para limpá-lo; comparava-se a Gulliver extinguindo o grande incêndio de Lilliput com um jato de urina. Aquilo me embaraçou muito, mas minha avó não parecia se incomodar. Comentei que achava o sonho bem repulsivo. Ela riu e concordou, afirmando que o próprio Freud era um homem bem repulsivo, mas que, não fosse por ele, eu não estaria ali. Disse que Freud era meu avô e acrescentou que um dia eu entenderia melhor essas histórias. Fiquei chocada com a idéia de ser neta de um homem capaz de urinar sobre assentos de vasos sanitários para "limpá-los". Senti vergonha.

Nenhum dos íntimos de Freud sabia de minha avó. Nem, obviamente, do nascimento de minha mãe, Emma Benesch-Schilder, nascida Emma Benesch, em 19 de junho de 1923.[2] Minha avó a chamava O Isso de Freud [*Id* em alemão], pois naquele ano ele publicara o livro *O ego e o id*. Mamãe foi um "acidente terrível" para Freud, "o dia mais negro" da sua vida.[3] Ele tentara forçar minha avó (Adelaide) a casar-se com um dos seus co-

2. Meu pai, Stefan Schilder, morreu num acidente de automóvel um ano depois de meu nascimento, e minha mãe retomou seu sobrenome de solteira, usando algumas vezes Benesch-Schilder, outras Benesch. Por sorte, ela figurava na lista telefônica de Londres como "Benesch, Emma", ou, como o leitor logo descobrirá, Probst jamais a teria encontrado.

3. Ernest Jones nos conta que 1923 foi o ano mais depressivo da maturidade de Freud, e atribuía a depressão dele à perda, naquele mesmo ano, de seu neto de quatro anos: "Freud gostava muito do menino e o considerava a criança mais inteligente que já havia visto [...] Morreu de tuberculose miliar, com quatro anos e meio de idade, no dia 19 de junho. Essa foi a única ocasião da vida de Freud em que se sabe que ele chorou [...] No mês seguinte escreveu dizendo que estava sofrendo a primeira depressão de sua vida, e há poucas dúvidas quanto a essa depressão poder ser atribuída a essa perda, que sobreveio tão

laboradores, mas ela se negou, assegurando-lhe que dela nada tinha a temer. Porém Freud não tolerava insubordinação da família, de amigos ou de amantes e, após o nascimento de mamãe, por vingança, recusou-se a ver Adelaide por muito tempo.

Minha mãe tinha cinco anos quando Freud a conheceu, em Paris, onde minha avó trabalhava numa livraria alemã. Elas moravam no Hotel Brésil.[4] Freud hospedara-se ali quando estudara na cidade, um ano antes de se casar.

Ao ver minha mãe, impressionou-se tanto com sua beleza que expressou pesar por não ter ido a Paris antes. Insistiu em que Adelaide retornasse a Viena, a fim de que ele pudesse visitá-las com mais freqüência. Afirmou que eram as únicas luzes que brilhavam em sua vida. Mas ela recusou-se a deixar Paris, e Freud, irado e com ciúme, acusou-a de ter casos com os antigos alunos "inúteis" dele.

Segundo minha avó, ele sempre fora extremamente ciumento e ditatorial, tão "estragado" por seus pais, pela esposa, os filhos e aqueles alunos "inúteis", que considerava natural acontecer o que desejasse. Lembrou que Freud, ao deixar Paris, cho-

---

cedo, pois esta ocorreu logo após os primeiros sinais de sua doença fatal" (Ernest Jones, op. cit., vol. 3, pp. 104-5).

Obviamente, nunca saberemos as razões da depressão de Freud, mas a data 19 de junho também fora importante pelo nascimento de sua filha Emma. É certamente possível, como sugere Bernadette Schilder, que a depressão fosse "causada" (ao menos em parte) pelo nascimento da filha ilegítima. Na passagem acima, Jones escreve que Freud afirmara que o neto "representava para ele todos os filhos e netos". É possível que no Arquivo existam cartas que projetem mais luz sobre essa história.

4. Desse período, a maior parte dos registros do hotel não sobreviveu. Porém, o nome "Benesch" foi encontrado em restos de bagagem abandonada no depósito do hotel. Nos bolsos internos da mala, encontraram-se os cantos de três envelopes selados, com carimbos de Viena, e as datas 7 de maio de 1928, 23 de outubro de 1929 e (??) de junho de 1936.

rava como um bebê: "Não sei se ele chorava assim com todas as amantes — se é que tinha alguma outra —, mas a cena se repetia sempre que nos separávamos. Antes de sua mãe nascer, eu acreditava que havia algo de genuíno naquelas crises de choro, mas, no dia em que lhe contei que ela estava na minha barriga, não houve lágrimas! Quando deixei de cumprir as ordens dele, amaldiçoou o dia em que me encontrou".

Entretanto, devia haver alguma verdade nos sentimentos dele por minha mãe, porque, depois de sua vinda a Paris, Freud planejou visitá-las na Suíça a cada três ou quatro meses.

Minha avó encontrou Freud pela última vez em junho de 1938. De passagem por Paris, ele insistira em vê-la e em ver a filha, então com quinze anos.

Minha mãe estivera com Freud na Suíça no ano anterior e surpreendeu-se ao vê-lo entrar no quarto do hotel em Paris tão envelhecido e fraco. Ele trazia um pacote que depositou cuidadosamente sobre a mesa, no meio do quarto.

Minha avó comentou que mamãe já era uma "moça" e que, ao entrar, Freud emudeceu de espanto diante da sua beleza. Mamãe contou-me que nunca sentira grande afeto pelo pai, que, embora sempre procurasse agradar-lhe, olhava-a de um modo constrangedor. Ela lembrou que naquela ocasião Freud comentara o quanto era parecida com a Adelaide que ele conhecera no trem para Berlim. Ela se irritou com aquela exibição sentimental.

Freud disse que tinha um presente e abriu o pacote, que continha uma pilha de papéis recobertos com sua caligrafia grande. Notando que a desapontara, acrescentou que em alguns anos ela poderia publicar os escritos e contar que ele, Sigmund Freud, era seu pai — e minha mãe sentiu uma profunda repulsa pelo velho.

Minha avó também se irritou com tanta presunção. Disse que Freud se surpreendeu com a indiferença delas pelo "presente" e, pouco antes de partir, hesitante, chegou a pegar o pacote da mesa, sugerindo que talvez não o quisessem. Mas Adelaide disse-lhe que o deixasse, que não se traz um presente para depois levá-lo embora. Ele então largou o pacote e disse a minha mãe que lamentava não poder revê-la quando ela se tornasse, um dia, mulher adulta. E pousando a mão no pacote arrematou, para espanto das duas, que "isso garantirá o futuro de vocês. Eu o dediquei a vocês". Depois que ele partiu, minha avó ficou ali sentada, olhando para o pacote e meneando a cabeça.

Muitas semanas mais tarde, logo após o *Anschluss*,* minha avó decidiu devolver o manuscrito a Freud, em Viena.

Há alguns anos, minha mãe recebeu um telefonema de um jovem chamado Heinrich Probst, dizendo-se possuidor de um manuscrito que acreditava ser dedicado a ela.[5] Ao que parece, quando minha avó enviou o manuscrito para Viena, a Gestapo o apreendeu. O oficial responsável fora aluno de Wagner-Jaurreg — um velho amigo de Freud que depois se voltou contra ele — e decidiu ficar com o manuscrito, mas esqueceu-se dele por muitos anos depois da guerra.

Estava no leito de morte quando o entregou ao sobrinho Heinrich, explicando que se tratava de uma obra de Freud confiscada durante a guerra.[6] O envelope ainda era o mesmo em que vovó o remetera de Paris.

* *União* ou *anexação*, em alemão. Aplica-se historicamente à anexação da Áustria, em março de 1938, pela Alemanha de Adolf Hitler, resultando na unificação dos dois países. (N. T.)

5. Heinrich Probst vive em Jena. Seu tio, Georg Probst, fora aluno de Wagner em 1933 e dissera ao jovem sobrinho que Wagner nada sentia por Freud além de desprezo. Georg Probst compartilhava as opiniões de Wagner.

6. Georg Probst disse ao sobrinho que o *Manuscrito* era uma peça de propaganda antialemã que, estava convencido, destruiria a reputação de Freud.

Quando o tio morreu, Probst levou o manuscrito a um famoso editor alemão e, sem revelar onde o obtivera, disse que pensava ser uma obra de Sigmund Freud. Explicou que nem os melhores estudiosos de Freud tinham como saber que aquele texto existia, mas o editor não se convenceu. Disse a Probst que não acreditava na autenticidade do manuscrito. Afirmou ser evidente que a caligrafia não era de Freud, que o conteúdo nada tinha a ver com o pensamento freudiano e que não via por que seria de interesse, mesmo como obra anônima.[7]

Probst pensou em consultar os Arquivos Freud quando descobriu, entre os papéis do tio, a carta de minha avó para Freud, que fora retirada do envelope:

Mein Lieber:

Tenho certeza de que você pensou que, quando tivesse partido, eu devoraria o "presente" imediatamente. Pois eu o estou devolvendo sem ler. Lamento se você está ansioso por uma carta minha, ou talvez um telegrama, dizendo que fiquei tão tomada pelo que imagino ser sua obra final, que precisei procurá-lo com urgência e fazê-lo saber não só o quanto o admiro mas o quanto, a despeito de tudo, eu o amo e adoro.

Não dei nem uma espiada. Não sei qual será sua explicação, mas não tente se convencer de que o li e me recuso a confessar, de tão impressionada que fiquei com o conteúdo. Sei que você é perfeitamente capaz de acreditar nisso. Na verdade, terá a maior dificuldade — a não ser que tenha mudado radicalmente na velhice — para aceitar a idéia de que estou simplesmente devolvendo sem ler.

7. Probst contou que o editor alemão, cujo nome se recusou a mencionar, temia uma repetição do fiasco dos diários de Hitler.

Conheço você e tenho certeza de que já começou a se tranqüilizar com a idéia de que meu infinito ciúme e profundo amor por você etc. etc. me fizeram armar esse pequeno jogo. É engraçado: pouco me importa se você deseja acreditar numa de suas próprias receitas.

Você disse que isso era um "presente" para a minha filha. Bem, que seja. Você deveria publicá-lo agora para que não restasse dúvida nem de que você o escreveu, nem de que ela é sua filha. Ou você é covarde demais, você, o homem de fama e prestígio internacional, covarde demais para assumir suas próprias atitudes, como ajudaria os outros a fazer?

Ihre Adelaide

Armado dessa nova evidência, Probst levou o manuscrito a diversos especialistas em Freud de renome internacional. A opinião unânime foi que o manuscrito não era de Freud e seria escandaloso autorizar a publicação. Probst perguntou se tinham alguma hipótese para o manuscrito — ainda que fosse uma falsificação — ter sido dedicado a alguém — minha mãe — cujo nome era desconhecido para os estudiosos de Freud, e responderam que era assim que o falsário revelava a sua identidade.

Foi então que Probst decidiu procurar minha mãe, que se mudara com minha avó para Londres pouco antes da guerra. Apareceu com o manuscrito aproximadamente um ano e meio antes da morte de vovó. Inicialmente, minha mãe se recusou a publicá-lo.

Suponho que minha mãe o leu, enfim, após o lançamento de um daqueles livros sobre a vida privada de Freud. Vovó nunca falou muito sobre o que sentia por ele, mas sei que minha mãe, jovem demais para tê-lo conhecido bem, nunca esquecera o último encontro e tinha pelo pai um ressentimento profundo. Também se ressentia muito do que se escrevia sobre ele. Disse-me que não lhe importava o que eu fizesse com o manuscrito. A história da obra e da vida de Freud fora tão distorcida desde sua morte, que ela duvidava que a divulgação do manuscrito modificasse alguma coisa. Realmente ela não se importaria se eu nunca o publicasse. Aconselhou-me a entregá-lo a um editor apenas se eu tivesse alguma coisa a ganhar com isso. E advertiu-me de que havia tantos "especialistas" em Freud e sua obra (dos quais, segundo ela, nenhum tinha nada de interessante a declarar), que com certeza me diriam, como a Probst, que o manuscrito não era autêntico. E obviamente ninguém acreditaria no modo como ele me chegara às mãos. Freud insistira para que vovó lhe devolvesse todas as cartas dele, e hoje não há evidência de que foram amantes por tantos anos.

É provável que ele não desejasse a publicação do manuscrito enquanto minha mãe vivesse, pois suspeito que sabia da dificuldade que ela teria em convencer algum editor de sua autenticidade. É uma revisão tão profunda, se revisão é a palavra correta, do pensamento de Freud, que me pergunto se ele não pretendia que fosse publicado numa época em que seus trabalhos começassem a ficar desgastados na mente do público e só um escândalo e um argumento completamente novo pudessem reanimar o interesse por ele. E, possivelmente, esperava que a portadora dessa "teoria" nova fosse uma neta desejada. Porque o manuscrito é mais do que uma teoria nova: nele está implícita a história do longo caso de Freud com minha avó. Não há nenhuma menção a isso, é claro. Mas é a obra de um homem cujo nome dominou o século e também de um homem que, ele mesmo admite, conseguiu ocultar do público um segredo nebuloso. Num certo sentido, esse manuscrito é a maneira de Freud se congratular. É, ao mesmo tempo, uma história pessoal e, creio, um acréscimo bastante expressivo à obra de psicologia mais importante do século. Trata do nosso lado mais sombrio e, certamente, é uma análise do lado mais sombrio da vida de um homem famoso. A brincadeira final de Freud foi a esperança de que a autenticidade desse trabalho — talvez o texto mais verdadeiro da vida dele — permaneceria para sempre duvidosa. Como Gulliver urinou sobre os incêndios de Lilliput, Freud estará urinando eternamente sobre as disputas mesquinhas das gerações futuras.

Conto essa história sem esperar que seja aceita por especialistas, estudiosos ou mesmo pelo público em geral. Não pretendo estabelecer a verdade sobre Freud. Como os especialistas de hoje, não o conheci. Se, como disse vovó, estou aqui graças a ele, não lhe sou particularmente grata. Minha mãe foi um acidente que Freud preferiria evitar; mas, já que aconteceu, ele, com sua astúcia, decidiu revertê-lo em seu próprio benefício. O manuscrito foi o que ele deixou como recordação para minha mãe e minha avó; elas o entregaram a mim — conscientes de que a "generosidade" do grande homem era um gesto calculado — na esperança de que me beneficiasse dele. Conforme as regras do incesto que parecem governar o comportamento tribal, que tanto preocupavam meu avô, eu sempre quis escapar de Freud e de sua família, como suspeito que fizeram outros descendentes dele que teriam direito "legítimo" a seu nome.

Não obstante, quando li o manuscrito, o conteúdo me fascinou, não tanto pelo que me dizia sobre Freud, mas pelo que me dizia sobre mim e sobre meus amigos e conhecidos. Eu também tenho algo do velho demônio. Não sei se me chegou pelos genes ou se foi imposto a minha natureza pelas circunstâncias.

Após a leitura, decidi traduzir parte do manuscrito e enviar a um editor americano respeitável, explicando que se tratava de uma obra desconhecida de Freud, descoberta em circunstâncias que me dispunha a detalhar se ele tivesse interesse em publicá-la. Anexei cópias de algumas folhas do original e várias páginas manuscritas de obras de Freud bastante conhecidas, para que o editor verificasse a semelhança da caligrafia.

Eu fazia a tradução nas horas vagas e não tinha pressa em terminá-la. Duvidava até de estar preocupada, mas sentia uma incômoda curiosidade. Queria saber como os "especialistas" reagiriam ao manuscrito enquanto ignorassem como eu o conseguira.

Um mês depois recebi uma carta informando que o manuscrito era uma fraude, que a caligrafia era "tão parecida com a letra de Freud em suas obras conhecidas, que se trata, claramente, de uma falsificação. Nossos peritos em caligrafia assinalaram que ninguém escreve sempre exatamente da mesma maneira. Esta é uma imitação boa demais para ser autêntica".

Os "especialistas" também concluíram que Freud "jamais expressaria nenhuma das idéias contidas nas páginas que você nos enviou. Simplesmente não é o Freud que conhecemos. E não é possível que as idéias de um homem se modifiquem tão radicalmente. A megalomania não era um tema do interesse de Freud e, como acreditam os nossos especialistas, por boas razões. Como observou um dos nossos leitores, '*Megalomania* não lança nenhuma luz sobre questões fundamentais da psicologia humana'".

Isso me dispôs a abandonar o projeto.

Um dia, por mero acaso, em circunstâncias que não preciso relatar aqui, descobri o nome de um dos "especialistas" do editor — na verdade suspeito que fosse o único. Depois soube que era um homem com o ego de Freud, mas sem seu intelecto, um homem dominado pela ambição de alcançar uma reputação ainda maior que a de Freud. Mas, à época, eu não sabia disso. E decidi traduzir o manuscrito inteiro. Estava preparada para buscar a ajuda dos membros mais legítimos de minha família a fim de providenciar a publicação.

Quando enfim ofereci a tradução completa a outros editores, tive uma surpresa agradável. Não sei se os "especialistas" mudaram de idéia ou se, ultimamente, há alguma coisa no ar. Tenho certeza de que vovó diria que a repentina virada de minha sorte também estava incluída nos cálculos de Freud. Talvez ela tivesse razão.

Mas, enquanto preparava o manuscrito, eu estava aflita. Não duvidava de sua autenticidade, embora às vezes me perguntasse se aquela cópia — que minha avó jamais lera — não teria sido falsificada, alterada ou de algum modo manipulada pela Gestapo. Também não me preocupava a reação de estudiosos e psicanalistas, que, eu sabia, relutariam em aceitar uma obra que inevitavelmente iria lançar sérias dúvidas sobre a autoridade deles — perspectiva que me agradava tanto quanto eu imaginava que agradaria a meu avô.

O que me afligia talvez fosse a irrelevância do tema, a idéia de que minha mãe ou mesmo minha avó haviam perdido a oportunidade, e agora era tarde. Os dias de glória de Freud tinham acabado e não havia como serem revividos por um manuscrito desconhecido. A ciência avançara. O que eu ia publicar era, na melhor hipótese, uma curiosidade; e, se era só uma curiosidade, também eu não passava disso. O segredo que eu guardara por todos esses anos seria revelado em conexão com uma obra banal, e minhas reivindicações ao nome da família seriam descartadas ou ignoradas.

Então Freud tivera uma amante. Estudiosos diziam isso havia muito tempo; qualquer leitor atento de Freud teria percebido as pistas que ele mesmo deixara. Minha única prova da autenticidade do manuscrito era o próprio manuscrito, e eu sabia que podiam tachá-lo como fraude.

E se era banal, anacrônico, a questão da autenticidade era de somenos. No fundo, talvez seja essa a razão pela qual nunca desejei me expor. Temia ser ridicularizada e descobrir algo capaz de provar que minha vida inteira se construíra sobre uma ilusão. Sempre desejei que existisse alguma prova que apaziguasse minhas dúvidas e me perguntava onde poderia encontrá-la.[8]

Bernadette Schilder

8. Ao ler esse relato comovente pela primeira vez, lembrei-me da discussão daquela noite em que os detratores de Freud tiveram tanto a dizer sobre o Freud enganador. Aqui estava o verdadeiro engano, de que ninguém sabia. Mas era, de algum modo, diferente; houvera algo de vazio e sem sentido na discussão, como se os debatedores procurassem por um escândalo que os justificasse. Era óbvio que Bernadette não tinha compromissos com a boataria da noite precedente. Tinha orgulho da própria história, orgulho do avô. Seus ressentimentos eram privados, como os ressentimentos que todos abrigamos e que têm significado unicamente para nós. A falsidade não lhe dizia respeito.

Megalomania

Para Emma Benesch (Freud),[1]
7 de janeiro de 1938

1. Emma Benesch casou-se com Stefan Schilder em Blackpool, Inglaterra, em 1954. Stefan Schilder foi morto ao atravessar a Fulham Road, em Londres, a 19 de junho de 1956, um ano após o nascimento de Bernadette Schilder.

1. Uma omissão aparente

Há não muito tempo, escrevi que "privar um povo do homem de quem se orgulha como o maior de seus filhos não é algo a ser alegre ou descuidadamente empreendido, e muito menos por alguém que, ele próprio, é um deles".[2] *Tão logo concluí essa frase, vi-me paralisado, incapaz de prosseguir.*

Eu concebera um livro sobre as origens do povo judeu e o ressentimento enraizado contra eles ao longo da história. Meu plano era escrever um romance histórico, embora eu não seja nem historiador nem artista, pois imaginava que seria a melhor maneira de responder à questão que há tanto tempo me preocupava — como um homem pôde criar um "povo" a partir de um grupo de indivíduos que pouco se importavam uns com os outros e não desejavam constituir nenhuma associação permanente. E mais: Moisés não só teve êxito em unificar aqueles indivíduos e famílias

2. Esta é a frase inaugural de *Moisés e o monoteísmo*. Ao repeti-la, Freud talvez revele que sua implicação profunda com o mito de Moisés nasce de um desejo de destituir todos os heróis. Vide nota de rodapé 1, p. 103, para mais detalhes sobre o interesse de Freud por Moisés.

díspares, como os marcou com um caráter que conservariam por milhares de anos.

Ao terminar o livro O homem Moisés [Der Mann Moses], *percebi que meu verdadeiro interesse durante o quarto de século precedente fora a psicologia do homem Moisés, e não a de seus seguidores. Acreditava ter criado uma teoria que respondia à segunda questão, mas ignorara a primeira, em última análise, muito mais importante e reveladora — a da psicologia dos homens reconhecidos como autoridades.*

A psicanálise nos ensinou que tais omissões não são acidentais. Ao reconhecer que evitara exatamente o aspecto que mais me intrigava, de súbito perturbou-me constatar que os fundamentos da obra de minha vida, a psicanálise, a ferramenta mesma que agora revelava a inadequação de minhas investigações, desabavam diante de meus próprios olhos à medida que minha vida se aproximava do final.

Sempre soube que o destino de todo empreendimento científico é o esquecimento e que o cientista de sorte morre bem antes que apareçam as primeiras fendas em seu edifício. Mas, por ter passado a maior parte da vida confrontado pelo desprezo e o ridículo de homens que eu considerava intelectualmente inferiores, pareceu-me um destino cruel terminar meus dias consciente de que a história exaltaria meus inimigos e lançaria meus livros na pilha de refugos das tolices do passado.

Pois o progresso seguro depende da capacidade das gerações futuras em descartar o passado. Não foi porque os homens cantavam louvores às asas enceradas de Ícaro que se desenvolveram aviões.

Mas seria um erro presumir que o reconhecimento da inadequação de nosso próprio trabalho significa que ele é absurdo ou insignificante. É em nossas falhas que percebemos, freqüentemente, não só verdades a nosso respeito, mas a natureza das pressões sociais e culturais que, como discuti em meu livro anterior, O mal-estar na civilização, *levaram-nos ao desespero de que emergiram algumas das maiores realizações da humanidade.*

Não aspiro a tanta grandeza, todavia admito que, tendo os dias contados, à medida que releio algumas das obras que cheguei a considerar minhas principais contribuições à compreensão da psicologia humana, experimento uma sensação permanente de expectativa, uma sensação de que estou prestes a vislumbrar algo que surpreenderá os futuros leitores, tanto quanto poderá perpetuar meu próprio espanto. Entretanto, prosseguindo na leitura, sinto que desapontei meu leitor ao confessar, agora, que desapontei a mim mesmo; a compreensão súbita simplesmente não vem.

Eu criticava religiões por criarem uma falsa sensação de segurança em face do desconhecido, por imporem uma mentalidade infantil e uma ilusão em massa; e escrevi que a intensidade do sentimento religioso só é plenamente compreensível se reconhecemos sua origem infantil: a convicção do poder irresistível, que a tudo se estende, de um deus — a necessidade de receber um conjunto de leis a ser obedecido — deriva da mesma admiração, do terror e da gratidão que a criança, confrontada pelo mundo sem leis, sente pelo pai que as dita. Não hesitei em ver nas explicações religiosas, tentativas de realizar fantasias infantis. E agora, com uma intensidade que o tempo torna ainda mais insuportável, vejo em minha própria obra algumas daquelas fantasias infantis que criticava com tanta severidade na religião.[3]

Preocupava-me com os detalhes das histórias que contamos sobre nós mesmos e nelas encontrava os enganos e as distorções

3. Está claro que Freud tem em mente o complexo de Édipo. O fato de não nomeá-lo sugere aversão por seu próprio invento.

que, eu alegava, freqüentemente escondem desejos contraditórios e inaceitáveis, que só conseguimos dominar e controlar graças a nossa extraordinária capacidade de auto-engano. Visualizei o auto-engano como um traço universal da espécie, mas nunca me perguntei se ele não teria o estatuto de uma característica primária da psicologia humana, se não seria o alicerce de todo o resto, inclusive da civilização.[4]

Afinal de contas, criei a psicanálise para controlar, senão, devo confessar, ingenuamente, para eliminar uma falta de autoconsciência. Porém agora, ao reconsiderar as muitas descobertas da psicanálise, vejo que as forças que cimentam a psique são de natureza tal, que jamais podemos reconhecer, jamais toleramos saber quão profundamente infelizes nós todos somos; portanto não temos meio de saber como essas forças nos enganam constantemente em nossas auto-observações e em nossas observações dos outros.

São os mecanismos da psique — e não, como acreditei um dia, nossas necessidades e desejos confrontados por pressões familiares e sociais insuportáveis — que estão na raiz desse auto-engano. A psicologia existe por causa desses mecanismos; independentemente de nosso empenho em corrigi-los, evitá-los ou lográ-los, é inevitável que no fim sejamos os bufões da história.[5] *Esforçamo-*

4. Freud nunca usou o termo "auto-engano" antes do *Manuscrito*. Aqui, ele deixa de mencionar que se trata de uma visão radicalmente nova de sua própria obra. Talvez considere essa visão tão convincente e poderosa, que queira embalar o leitor na crença de que sempre a teve em mente. Por outro lado, o leitor deve ter consciência de que, como já mencionei na Introdução, o auto-engano estava, certamente, implícito em muito da obra de Freud. A discussão entre Anna Freud e John von Neumann, no final deste livro, aprofunda essa visão.

5. Esta idéia é completamente nova em Freud. Ele sempre dissera que a psicologia existe devido ao complexo de Édipo. No entanto, a história edípica é, no limite, uma história de auto-engano, como o próprio Freud parece ter concluído no *Manuscrito*.

nos, mas o auto-engano acaba triunfando, com subterfúgios maiores e mais sutis.

A história da psicologia humana é a história desses subterfúgios, cuja sutileza e sordidez não pararam de crescer no decorrer do tempo. Nosso notável progresso na compreensão do mundo material só poderá se equiparar a nossa compreensão de nós mesmos se o cimento do auto-engano, tão central à preservação de um equilíbrio psicológico mínimo que seja, puder ser de algum modo dissolvido, atirado para longe e tornado inofensivo. Não sei se algum dia teremos o poder de fazê-lo; e se o fizermos, teremos de encarar uma psicologia que tem pouca semelhança com nossa individualidade atual. Na verdade, receio que, se pudéssemos destruir o cimento da psique, nós a destruiríamos em todas as suas características essenciais. Não sei se isso seria desejável ou possível.

O problema não é não podermos reconhecer — na melhor das hipóteses — a incoerência do que dizemos sobre nossos pensamentos e ações; podemos reconhecê-la e o fazemos após determinado acontecimento. Mas, uma vez que admitimos nossos próprios subterfúgios, deparamos com formas novas, que também só reconheceremos após os fatos. Somos incapazes de ser honestos para conosco no próprio instante, de compreender realmente, quando atuamos, o que de fato somos. Conseguimos nos explicar apenas em retrospecto, e essa visão retrospectiva não é muito reconfortante, pois pouco faz para transformar nosso comportamento futuro.

Na verdade, o que nos intriga não é nossa honestidade, e sim a vaga percepção de que, se realmente não podemos nos controlar, se apenas em retrospecto compreendemos o que de fato somos (e mesmo essa visão retrospectiva é pouco reconfortante, por ser inevitavelmente distorcida por hiatos que procuramos preencher para criar uma visão coerente de nós mesmos), dificilmente compreenderemos os motivos e as ações daqueles que nos rodeiam.

O fracasso em nos reconfortarmos acerca dos outros, nosso reconhecimento de que os mesmos mecanismos que parecem tão fora de nosso controle devem distorcer toda explicação que nos possam dar — isso é efetivamente perturbador. Porque, se nos enganamos constantemente quanto a nossos próprios motivos e ações, certamente, em última instância, nós o fazemos em nosso próprio benefício. Mas sabemos que agimos de modo análogo com a família, os amigos e conhecidos e que, portanto, eles devem estar fazendo o mesmo.

Dessa forma, sabemos que existe um limite intransponível na compreensão de nossas relações e em nossa capacidade de confiar nos outros. O reconhecimento desse fato não está articulado com clareza, mas é sentido, é percebido de modo profundo e perturbador. É o que, enfim, leva-nos a desconfiar, a suspeitar de cada uma e de todas as pessoas que conhecemos; aprendemos a controlar essa suspeita, seja ignorando-a, e assim aceitando a impostura dos outros — debitada como desonestidade da parte deles —, ou ao permitir que ela se transforme num sentimento avassalador de desconfiança que pode paralisar nossa vida.

Vemos em nossas clínicas os paralisados, que rotulamos de paranóicos. Reconfortamo-nos ponderando que alguma paranóia se justifica, porém a deles ultrapassou o razoável. Mas isso é uma estratégia de sobrevivência para nós.

Suspeita moderada consideramos tolerável e razoável, por ser o mais tranqüilizador para a maioria. Porém, essa modalidade "normal" de suspeita e o que denominamos sua forma patológica — a paranóia — não são as únicas formas de manifestação do auto-engano.

Muito mais importante é a constatação de que o conjunto da sociedade se apóia, em última análise, sobre nossa desconfiança recíproca, sobre nossa necessidade de regras e regulamentos implementados à força; a civilização é conseqüência dessa des-

confiança, dessas regras e organizações que criamos para nos resguardar dos outros.[6] *E, por ter passado quase toda a vida a revelar as pequenas fraquezas e distorções que são parte de nossos pensamentos e ações do cotidiano, somente agora começo a perceber os mecanismos psíquicos existentes por trás dessa transformação da descrença em cultura.*

Na verdade, se não pudéssemos nos iludir e aos demais, não teríamos imaginação, pensamentos, prazeres, dores, nenhuma defesa contra os outros, nenhum desejo de conhecê-los — não haveria sociedade e, mais importante, não haveria nenhuma noção de ser, nenhum senso de individualidade, de sorte que ninguém poderia jamais nos possuir ou conhecer plenamente. O auto-engano está na origem da sociedade, mas tão transformado — pois, caso não estivesse, a sociedade, até mesmo como a conhecemos, não seria possível — que não o reconhecemos. Inevitavelmente, ele por vezes se desintegra e temos períodos de crise social e política e, em última instância, guerras, cujas raízes não compreendemos, pela distorção de suas causas psicológicas.

A lei é a resposta do auto-engano à paranóia. E, por trás da lei, por trás da noção de lei e de nossa capacidade psíquica de aceitá-la — embora saibamos que ela não funciona e não pode funcionar (senão, por que teríamos de reescrever as leis constantemente?) — está a paranóia que todos temos e aceitamos, intrigados por ela — mesmo descartando-a —, raramente reconhecendo-a pelo que verdadeiramente é, embora com certeza preparados para

6. Embora Freud nunca tenha escrito nada parecido, isso não deixa de ter relação com a seguinte passagem de O *mal-estar na civilização*: "O mandamento 'Ama teu próximo como a ti mesmo' constitui a defesa mais forte contra a agressividade humana [...] É impossível cumprir esse mandamento; uma inflação tão enorme de amor só pode rebaixar seu valor [...] [T]odo aquele que, na civilização atual, siga um tal preceito, só se coloca em desvantagem frente à pessoa que despreza esse mesmo preceito" (ES 21:168).

vê-la, quando necessário, nos outros. A capacidade que temos de perceber os estados de auto-engano dos amigos e vizinhos, jamais admitiríamos que fosse possível da parte de outrem em relação a nós. Nem cometeríamos a imprudência de insistir na cegueira dos outros. Nós apenas insinuamos o que pensamos e compreendemos sobre aqueles que estão próximos; somos sábios o bastante para silenciar sobre nossas percepções maiores, se é que são percepções verdadeiras.

Mas se a psique é capaz de tal subterfúgio, seria um erro pressupor que nossos auto-enganos devem se limitar a uma sensação vaga de desconfiança e, nos casos mais patológicos, de paranóia. A lei pode, enfim, ser fruto da paranóia, mas nenhum cidadão, nenhum legislador jamais descreveria a lei legítima como produto de uma mente paranóica. A lei é a paranóia transformada, de tal modo disfarçada que se torna irreconhecível.

(Na verdade, a lei é apenas um sintoma de um problema mais geral — a enorme complexidade de nossas relações com nossa individualidade, com os outros e com o ambiente; nosso conhecimento será sempre muito limitado para compreendermos por que agimos de certo modo no passado, ou como deveríamos agir agora ou no futuro. Se fôssemos completamente racionais, nunca tomaríamos decisões.[7] *Jamais saberíamos o suficiente. As emoções nos iludem quanto a nossas vontades e desejos; ao nos enganar, elas nos fazem agir.)*[8]

7. Isso explica, ao menos em parte, a paralisia dos soldados que Freud discute às pp. 79-80.

8. A idéia de que as emoções estão na raiz de nosso auto-engano talvez seja uma visão mais ampla da afirmação de Freud de que o amor é uma "supervalorização" do ser amado. Em 1905, por exemplo, ele escreveu que "Uma combinação de afeto exclusivo e obediência crédula é, em geral, uma das características do amor" (*Tratamento psíquico* [*ou mental*] [ES 7:310]).

Em 1920, em *Psicologia de grupo*, escreveu (ES 18:142): "Com relação a

Assim, se aprendi alguma lição com a psicanálise, foi a do auto-engano. Quanto mais procurava me distanciar dos desvios constantes de meus pacientes, mais me via enredado por eles de maneiras inesperadas.

Mas, como esclarecerei, penso que compreendi por que a psicanálise estava condenada. As razões eram mais profundas e diversas do que eu supusera. Pois nos limites da análise nunca fui capaz de adiantar nenhum argumento teórico sobre a natureza do auto-engano e da paranóia. Eu deixara a questão de lado, porque nenhuma ciência nova deve lidar simultaneamente com muitas questões, e acreditava que havíamos começado a estabelecer uma compreensão sólida da natureza das neuroses. Se nossos tratamentos nem sempre eram eficazes o quanto gostaríamos, eu atribuía o problema às resistências, manifestadas de formas tão imprevisíveis que não podíamos ser censurados por não conseguir desfazê-las.

Mas eu sempre soube que, havendo tempo, um dia teria de enfrentar as questões mais profundas de nossos auto-enganos e, por fim, a personalidade paranóide, que por tanto tempo eu ignorara no interesse do progresso de nossa jovem ciência.

---

essa questão de estar amando, sempre ficamos impressionados pelo fenômeno da supervalorização sexual: o fato de o objeto amado desfrutar de certa liberdade quanto à crítica, e o de todas as suas características serem mais altamente valorizadas do que as das pessoas que não são amadas, ou do que as próprias características dele numa ocasião em que não era amado. Se os impulsos sexuais estão mais ou menos eficazmente reprimidos ou postos de lado, produz-se a ilusão de que o objeto veio a ser sensualmente amado devido aos seus méritos espirituais, ao passo que, pelo contrário, na realidade esses méritos só podem ter sido emprestados a ele pelo seu encanto sensual".

Essas visões são coerentes com as observações clínicas bem conhecidas em Síndromes do Lobo Frontal com uma deprivação emocional grave, em que os pacientes parecem ser racionais, mas são incapazes de tomar decisões.

Enquanto construímos, com todo o cuidado, novos edifícios, monumentos nunca antes vistos, temos de criar um andaime que será, eventualmente, descartado. Será fácil para futuros teóricos apontar para mim, às suas costas, e rir das estruturas rudimentares que tive de produzir, das cordas e roldanas que instalei em meus andaimes, dos guindastes que usei para erguer os blocos de um edifício que, por entre os andaimes, mal se vê. Certamente, os guindastes, as roldanas e as cordas nada têm a ver com a estrutura final; porém, sabendo que talvez nunca vejamos o edifício terminado, freqüentemente nos enamoramos dos próprios andaimes (pois têm sua beleza própria), o que pode resultar numa certa dose de confusão. O modo como construímos nossos prédios e teorias é, em si, instrutivo. Nossas construções são limitadas por técnicas de engenharia, como nossas teorias científicas são limitadas por nossas habilidades matemáticas e lógicas; apenas com o tempo estruturas novas sutis, novas compreensões, antes fora do alcance da visão, começarão a tomar forma.

A recordação recente de uma série de acontecimentos pessoais, há muito afastados de minha mente, conscientizou-me de que omiti aspectos críticos na teoria da psicanálise. É provável que, se procurasse superar mais cedo a debilidade da teoria, eu teria me defrontado com dificuldades intransponíveis. Contudo, deixá-la em seu estado atual, quando estou ciente de suas limitações, seria tão desonesto quanto enganoso com o futuro.

As circunstâncias que me despertaram para o reconhecimento de minhas omissões teóricas concerniam a um velho conhecido dos tempos do curso de medicina, um homem que se tornaria o membro mais honrado da profissão médica em Viena durante minha vida, Julius Wagner-Jaurreg. Seu nome surgiu em conexão com um escândalo que se transformara na preocupação de Viena, uma história à qual me dedicarei agora.

2. O estupro

Numa tarde quente de verão no final de agosto de 1931, duas jovens alemãs tomavam sol numa praia próxima de S___ A___. Estavam hospedadas numa casa de fazenda próxima da costa, onde visitavam um velho tio de uma delas.[1] *Por volta das seis horas da tarde, quando o sol começava a se pôr, subiram por uma estrada que levava do mar para o interior.*

Mais cedo naquele dia, elas se divertiram com um rapaz que fazia alarde na praia, correndo à beira-mar, dando cambalhotas e patinhando. As duas mulheres chegaram ao ponto mais elevado da estrada e pararam para admirar a vista panorâmica da costa. Então ouviram um carro que se aproximava.

1. É bem sabido que, para proteger a identidade de seus pacientes e aclarar o que era, freqüentemente, um quadro clínico complexo, Freud utilizava muitas vezes as histórias de mais de um paciente em suas narrativas clínicas, chegando, por vezes (afirmou-se), a inventar alguns detalhes. Embora não se possa confirmar muito da história que ele conta no *Manuscrito*, devido ao desaparecimento dos registros da corte e dos arquivos de jornal durante a guerra, sua narrativa conserva uma semelhança notável com o caso de Luc Tangorre, na França, detalhado nas Notas às páginas 144-5.

De repente o carro apareceu e parou junto delas. Assustaram-se um pouco, mas ficaram aliviadas ao reconhecer à direção o jovem que tinham visto antes na praia.

Seu rosto bondoso e suave, como elas contaram depois, denunciava um discreto traço de zombaria. Ele abriu a porta do carro e, de pé sobre o estribo, ofereceu-se para levá-las em casa. A mais jovem era um tanto envergonhada e meneou a cabeça em silêncio, mas sua companheira sentiu-se lisonjeada e envaidecida pelo convite e disse que seria divertido andar de carro pelo campo àquela hora.

O jovem ponderou que, se a amiga dela não desejava acompanhá-los, talvez fosse melhor ele seguir sozinho. Mas a mais velha insistiu e, por fim, as duas entraram no carro. A mais jovem atrás, a outra ao lado do motorista.

Ao partir, o carro fez uma curva fechada, e um pacote cuidadosamente amarrado escorregou no banco de trás e pressionou de leve as costelas da jovem. Assustada, ela percebeu que continha cerca de uma dúzia de exemplares do que parecia ser o mesmo livro. Estava a ponto de interpelar o motorista sobre o conteúdo do pacote, quando ele se virou e ficou agitado ao notar que ela passava a mão na embalagem procurando ver o conteúdo. O rapaz empurrou o pacote de volta para o lugar e dirigiu a ela um rápido olhar de desaprovação que a amedrontou.

Naquele momento, a jovem percebeu que já não estavam na estrada que percorriam habitualmente a caminho da fazenda e expressou sua inquietação. Mas a amiga dela, que estava apreciando flertar com o motorista, recomendou-lhe que admirasse a paisagem, em vez de se preocupar.

Quando o carro entrou numa pequena estrada de terra que atravessava um vinhedo, a mulher mais velha também ficou preocupada. Uma vez mais o pacote de livros escorregou pelo assento e, enquanto a mais jovem o afastava, nervosa, a embalagem ras-

gou-se, e ela reconheceu o motorista numa fotografia na capa do livro. Ela notara a palavra "Inocente", quando o motorista freou o carro abruptamente, voltou-se para trás e disse: "Você não devia ter feito isso".

Então ele afastou os livros, abriu a porta e puxou-a para fora. Ela lutou com ele por vários minutos, e a amiga assistiu a tudo de dentro do carro, paralisada de terror. O homem espancou a mais jovem, rasgou suas roupas e a estuprou; depois arrancou a outra do banco da frente, espancou-a e estuprou-a também. Quando começou a escurecer, largou-as ali deitadas e partiu.

Três meses mais tarde, noticiou-se outro estupro na região, e as duas mulheres procuraram a polícia. Ao contarem a história do pacote de livros, a polícia lhes mostrou um exemplar de um livro intitulado Inocente mas culpado[2] *com um retrato do jovem, Hans Hellbach, na capa, e elas identificaram o agressor prontamente.*

A polícia foi rigorosa no interrogatório, sugerindo que o homem poderia não ser o do retrato, mas um imitador. As duas não recuaram, e várias semanas mais tarde foi preso um jovem que elas identificaram como o estuprador: de fato, era o personagem dos tais doze exemplares do livro embalados e amarrados que estavam no banco de trás do carro. O autor era um "neurologista" polonês, M. Kozlowski.[3]

Na Áustria, a história de Hellbach tornou-se uma cause célèbre. *Ele fora preso certo número de vezes, acusado de estupro e sempre libertado, até que ocorreu uma série de estupros no sul da Alemanha em 1927. Detido no mesmo ano, Hellbach foi conde-*

2. Sobre o caso do estuprador francês, foi publicado em 1984 um livro chamado *Coupable à tout prix* [Culpado a qualquer preço], de um pesquisador francês do Centre National de la Recherche Scientifique, G. Tichané.

3. Michael Kozlowski (1861-1935) nasceu na Polônia, diplomou-se médico em Cracóvia, em 1895, e fugiu para Viena no início da Primeira Guerra Mundial. Era colega e amigo de Wagner-Jaurreg.

nado e sentenciado a uma longa pena de prisão. Continuou a alegar inocência, e em 1929 um contingente de austríacos eminentes, entre os quais Wagner-Jaurreg, recém-laureado com o Nobel, ingressou com uma petição de anistia junto ao governo.

Wagner o conhecera durante a Grande Guerra. Hellbach fora ferido e, após recuperar-se do que se descreveu como "ferimentos leves", desenvolvera uma paralisia do braço direito. As autoridades o acusaram de simular a paralisia e enviaram-no à famosa clínica de Wagner, onde foi tratado e "curado". A seguir, retornou ao front, distinguindo-se em vários combates importantes, e após a guerra Wagner o citou diversas vezes como um exemplo excelente da eficácia de sua "cura".

Curiosamente, o caso Hellbach despertou-me um profundo sentimento de fracasso pessoal, que se associa em minha mente à "cura" de Wagner. Pois Hellbach era apenas um dentre inúmeros soldados austríacos paralisados e tratados por Wagner. Embora eu acreditasse ter compreendido as limitações do trabalho de Wagner e estivesse preparado para aceitar que minhas próprias explicações eram, na melhor das hipóteses, inadequadas, somente agora percebo como a psique daqueles jovens soldados estava destroçada e o quanto fomos cegos, tanto Wagner como eu, para a verdadeira natureza do colapso psicológico e físico deles.

3. Os malfeitores

Durante os primeiros anos da Grande Guerra, muitos soldados austríacos sofreram ferimentos de gravidade variável e foram tratados em hospitais próximos do front, onde desenvolveram, subseqüentemente, sintomas que pareciam histéricos — tremores graves e paralisia dos braços e das pernas. O que depois se rotulou como "neurose de guerra", transformou-se numa verdadeira epidemia no exército austríaco, a ponto de as autoridades temerem perder a guerra porque as fileiras do exército estavam sendo depletadas por um surto generalizado de sintomas de histeria.

Embora eu não tivesse familiaridade com o problema na época, a jovem ciência da psicanálise, por cuja criação e desenvolvimento sou pessoalmente responsável, oferecera contribuições importantes para o diagnóstico e tratamento das neuroses. Mas as autoridades austríacas estavam bem conscientes dos sentimentos hostis generalizados da classe médica a meu trabalho, portanto nunca me pediram nenhum conselho. Não posso culpá-las, pois estávamos em meio a uma guerra terrível, e as pressões de tempo eram muito grandes para que o governo se envolvesse em contro-

vérsias. Era compreensível que se recorresse ao psicólogo mais conhecido de Viena, Julius Wagner-Jaurreg.

Wagner criou uma clínica para o "tratamento" dos nossos soldados. Tenho certeza de que suas razões eram inteiramente patrióticas, e não posso condená-lo pelo fato de sua visão pouco elogiosa da psicanálise tê-lo impedido de perceber as armadilhas a que o governo o arrastava. Era sua convicção firme e, creio, honesta que nossos soldados seriam tratados rápida e eficazmente com as novas eletroterapias que ganhavam popularidade nas clínicas psicológicas espalhadas pela Alemanha na época. Em Kozlowski ele encontrou um colega particularmente solidário, e nos anos iniciais da guerra a clínica de Wagner se tornou parte essencial do esforço bélico.

Wagner acreditava que a maioria de nossos soldados eram "simuladores", que tinham medo de retornar ao front e encontraram um meio de fugir a suas obrigações através da formação de sintomas histéricos deliberados. Considerava-os malfeitores, mentirosos e covardes.

Aparentemente, nem Wagner nem as autoridades políticas julgavam razoável que jovens expostos aos horrores do campo de batalha tivessem sofrido traumas psicológicos graves que os impedissem de retomar a participação no esforço de guerra. Também não pareciam incomodar-se com o fato de que aqueles jovens apresentavam sintomas que hipocondríacos seriam incapazes de imitar. É simplesmente impossível "querer" a paralisia de um braço ou de uma perna.

Mas, em tempos de guerra, razões de Estado constituem uma obrigação moral poderosa que, na opinião das autoridades e de Wagner, supera toda consideração pessoal, inclusive a da autopreservação em face dos horrores que nem Wagner nem qualquer de nossos líderes políticos jamais presenciaram. Erigimos estátuas para os grandes generais, esquecendo que foi o soldado comum quem mais sofreu e sacrificou-se para glorificar o Estado. Chamamos de "corajosos" os líderes políticos que enviam jovens para a guerra, sem nunca nos perguntarmos de que coragem esses homens dão mostra ao sacrificar vidas alheias.

A psicanálise procurou explicar as razões psicológicas para nossa aceitação dessa autoridade moral. Mas os "malfeitores" e "mentirosos" de Wagner desafiavam tal autoridade — e também, acrescento agora, as explicações psicanalíticas — por meios que à época eu não conseguia explicar.

Wagner não viu nenhum desafio moral naqueles jovens. Ao contrário, como eram "simuladores" — eufemismo para "mentirosos" —, forjavam a doença; o tratamento preferido era espancá-los até que confessassem as mentiras. A prática médica tornou-se aliada do departamento de polícia. Se até mesmo os inocentes confessam e declaram-se culpados, por que os jovens do exército austríaco não corrigiriam seus modos? E Wagner encontrou na pessoa de Michael Kozlowski o colaborador mais perfeito.

Os "malfeitores" eram colocados em celas minúsculas, onde eram isolados por vários dias. Com muito alarde, um deles era arrancado da cela, despido e amarrado a uma cadeira. Dirigindo-se aos demais, Kozlowski "preparava" a vítima com uma advertência em voz alta, "Você não sabe o que o espera", para então proceder à aplicação de correntes elétricas nas regiões mais sensíveis da vítima amarrada, gritando: "Agora você pagará pelo que fez!".

A notícia sobre os "tratamentos" vazou, e alguns familiares se queixaram a Wagner. Ele os reconfortou afirmando que não tinha tempo para administrar os tratamentos pessoalmente, mas que a clínica utilizava as técnicas científicas mais avançadas e que sem dúvida eventuais abusos de seus assistentes seriam investigados. Depois lhes escreveu informando que os relatos de tortura eram totalmente infundados. As famílias dos jovens brutalizados aceitaram as garantias de Wagner e se uniram a ele, insistindo para que os filhos retornassem ao front. O governo austríaco não poupava elogios às curas milagrosas de Wagner.

Quando a guerra terminou, porém, alguns daqueles jovens começaram a repensar o que acontecera na clínica. A história apareceu nos jornais, e logo toda Viena questionava se Wagner os havia torturado.[1] *O exército viu-se obrigado a abrir um inquérito sobre as atividades da clínica, e eu fui convocado como testemunha especializada no assunto. Este foi o "julgamento" de Wagner.*[2]

Mas permitam-me voltar por um momento ao caso Hellbach.

1. Típico dos comentários que apareceram nos jornais da época é o que segue, de um artigo em *Der Freie Soldat* [O soldado livre] de 28 de fevereiro de 1919: "[Os soldados] foram acusados de malfeitores desde o início, e muitos dos chamados doutores estavam preocupados em 'desmascará-los', e não em diagnosticar ou curar suas doenças. Um dos métodos que utilizaram foi o tratamento com correntes elétricas [...] aplicado particularmente na clínica de Wagner-Jaurreg [...] Seguindo exatamente a técnica de torturadores medievais, o dr. Kozlowski, assistente do professor Wagner, ameaçou primeiro [um oficial] com faradização, a seguir o fez presenciar vítimas desgraçadas do tratamento elétrico contorcendo-se e urrando de dor, e finalmente ele próprio o submeteu à agonia" (K. R. Eissler, *Freud as an Expert Witness*, trad. Christine Trollope, Nova York, International Universities Press, 1986).

2. Aparentemente, neste ponto do *Manuscrito* Freud iniciou uma nova linha de raciocínio, que logo abandonou. Riscou a seguinte passagem, no final do capítulo: "O Estado pode se justificar com facilidade: ele lhe confere sua identidade (austríaco, alemão, francês etc.) e o protege. Certamente, se o Estado o criou e o fez sentir-se uma pessoa de valor ('Eu sou de Berlim', você anunciará orgulhoso ao visitar a Rússia), ele também tem o direito de destruí-lo. A relação do Estado com seus cidadãos não é diferente daquela do dr. Frankenstein com seu robô. O livro de Mary Shelley é, em parte, sobre a psicologia do assassinato e da guerra. Justificamos nossos atos mais cruéis dizendo a nós mesmos que estamos apenas destruindo o que *nós* criamos".

4. O obituário

Como já mencionei, o julgamento de Hellbach transformou-se num passatempo na Áustria, acompanhado com o mesmo zelo que as batalhas da Grande Guerra. Patriotas que nunca haviam questionado as decisões do governo durante o conflito, falavam agora da incompetência do sistema judiciário, da classe médica e dos políticos. Nada disso era estranho a meu próprio pensamento, mas parecia-me extraordinário que o verdadeiro culpado nunca fosse citado na imprensa ou nas discussões nos cafés — meu companheiro de curso médico, colega, ganhador do prêmio Nobel, o cientista e psicólogo mais prestigiado da Áustria, Julius Wagner-Jaurreg. Que eu saiba, Wagner nunca deu nenhuma declaração pública ou privada sobre o caso Hellbach, e a imprensa omitiu que Michael Kozlowski, o autor de Inocente mas culpado, *o livro que estava no centro do escândalo e que fizera de Kozlowski a* bête noire *do caso Hellbach, fora o colaborador mais próximo de Wagner. Para mim, o significado do silêncio de Wagner só se aclarou quando um amigo que voltara recentemente de Cracóvia mostrou-me um obituário sobre Kozlowski, escrito por Wagner, publicado numa revista polonesa.*

Compreendi então a importância daqueles eventos: eles se associavam à maior humilhação de minha vida, que sofri não no julgamento de Hellbach, mas no outro "julgamento", amplamente divulgado, de meu velho amigo Julius Wagner — embora eu me pergunte se aquele julgamento não foi tanto dele quanto meu. Ao ler o obituário de Kozlowski, escrito por Wagner, comecei a entender o que me acontecera em 1920.

"Minhas relações com o Doutor Kozlowski", escrevera Wagner no obituário, "transformaram-se numa amizade profunda, fundamentada em sua experiência médica, sua lealdade absoluta, seu profundo senso de dever e sua devoção sincera a mim."[1] *Se a verdade era essa, por que Wagner não publicara esse artigo em alemão? Por que não acorria em defesa de seu "amigo" e colega agora, quando Kozlowski, que já não podia mais assumir a própria defesa, era aviltado pela imprensa austríaca?*

Minha preocupação em 1935 não era exatamente neutra. Em 1920, Kozlowski, escrevendo de Cracóvia, tratara a mim e a minha obra com um desdém que faz meu sangue congelar até hoje. E agira com o pleno acordo e a aprovação de Wagner.

Eu aceitara a humilhação em 1920 porque, à época, não pensava merecer nada melhor. Eu tinha falhado, pensava, pela inadequação de meu próprio trabalho.

Suspeito que futuros biógrafos ficarão surpresos ao saber que os eventos de 1920 me levaram a uma das depressões mais severas de minha vida, uma depressão da qual me recuperei apenas ao esquecer completamente o julgamento de Wagner e meu extraordinário sentimento de fracasso. Minha escrita daqueles anos reflete, mais do que eu desejaria admitir, o quanto fora bem-sucedido em reprimir tudo o que se relacionasse a Wagner e seu julgamento.

1. *Polska Gazeta Lekarska*, 14:323. (Vide Eissler, op. cit., p. 129, para a carta completa em inglês.)

Se vi no silêncio de Wagner sobre o caso Hellbach uma retirada covarde e se pensei que a publicação do obituário de Kozlowski em polonês era uma tentativa de preservar no silêncio o papel que ele próprio desempenhara naqueles eventos, ainda assim ele me lembrava minha própria incapacidade para confrontar meu fracasso e a subseqüente humilhação em 1920.

Em 1935 eu já não podia criticar Wagner, pois eu também fora culpado de covardia. Sabia que ele errara, que conquistara reputação internacional por um trabalho que teria sido melhor manter-se ignorado e que em 1935, menos de dez anos após o prêmio Nobel, havia caído num esquecimento merecido. Mas nada disso justificava minhas atitudes de 1920.

O obituário de Wagner despertou essas lembranças dolorosas, e agora, pela primeira vez, começo a compreender o que omiti no "julgamento" de 1920. Não tenho mais tempo para fazer um relato de tudo que deveria ter dito então; tenho de contentar-me com um esboço incompleto dos meus pensamentos atuais.

5. O inquérito

Ainda me lembro do imenso prazer que senti ao receber o convite para testemunhar no inquérito militar.[1] *Todos aqueles anos de hostilidade pareciam coisa do passado.*

Nunca escrevi sobre os eventos de 1920, pois na verdade eles criaram uma breve ilusão de que eu figurava entre os cientistas que uma grande nação como a Áustria se dispunha a escutar. Há alguns anos, em 1929, vivi uma ilusão semelhante, dessa vez referente à nação alemã, quando Thomas Mann encontrou para mim um lugar na história do pensamento moderno e, um ano mais tarde, minha filha Anna Freud recebeu, como minha procuradora, na prefeitura de Frankfurt-am-Main, o prêmio Goethe. Depois disso o povo alemão nos deu as costas, o que certamente seria um erro interpretar como uma afronta pessoal, pois a Alemanha está, agora, nas garras de um movimento destrutivo que abriga o mal para toda a humanidade.

1. Freud também se refere ao "inquérito militar" como o "'julgamento' de Wagner".

Mas, em 1920, estávamos nos recuperando da guerra e da morte trágica do filho de minha irmã. Sentia-me emocional e fisicamente exausto, portanto pouco disposto a prosseguir na luta pela aceitação da jovem ciência da psicanálise. Como Viena sempre se mostrara particularmente avessa a meu trabalho, foi uma surpresa agradável ser convocado como testemunha "especializada" na investigação do Exército sobre a clínica de Wagner.

É evidente que eu deveria saber o que me esperava; devia ter sido óbvio que não havia razão para aqueles que rejeitavam a psicanálise terem revisto suas opiniões; homens mudam de opinião apenas diante de alguma vantagem pessoal evidente. Em 1920, a psicanálise não oferecia nada além da excitação de uma ciência nova e do desprezo da instituição. Daí minha ingenuidade em acreditar que o convite para participar do inquérito significava que minha obra, insultada pela instituição médica por quase duas décadas, enfim obteria reconhecimento oficial e que os anos de hostilidade da comunidade médica e da imprensa leiga estavam terminados.

De fato, fiquei tão deslumbrado que, embora Wagner, meu conhecido desde a faculdade de medicina, nunca tivesse expressado uma palavra amável sobre meu trabalho, eu não guardava contra ele nenhuma hostilidade especial, nem desejo de vingança; eu não estava ávido por criticar abertamente o amigo. Ao contrário, estava disposto a limitar toda censura a problemas puramente técnicos. Wagner e eu mantivemos uma correspondência cortês, até amigável, desde o tempo em que estudamos juntos.

Não obstante, ao examinar as denúncias contra Wagner, não pude evitar a conclusão de que ele fora responsável por conduta antiética grave; sua "cura" colocava a medicina a serviço do Estado. O governo austríaco precisava de homens no front; Wagner estava pronto a satisfazer tal necessidade por todos os meios disponíveis. Sua clínica não dava prioridade ao interesse médico, mas a conveniências políticas e militares. Entretanto, embora eu certamente tivesse sérias dúvidas quanto à compreensão de Wagner sobre a psicologia humana, não desejava expor nossas diferenças em público.

Assim, preparei um artigo curto registrando minha preocupação com o fato de que Wagner servira ao Estado em vez de tentar resolver um problema médico legítimo e ponderei que a psicanálise demonstrara que sintomas como a paralisia histérica se originavam da vida afetiva dos pacientes.[2] *Não parecia absurdo argumentar que qualquer jovem poderia procurar evitar o serviço militar devido aos horrores do campo de batalha e ao regime brutal, repressivo do exército.*

Ao passo que concluía ser possível alguém tentar eximir-se do serviço militar simulando diversas doenças, argumentei, contrariamente às teses de Wagner e seus colaboradores, que na verdade havia muito poucos "simuladores", se não por outra razão, por ser muito difícil simular alguma doença. Além disso, expressei a opinião de que o cumprimento dos deveres militares, longe de ser algo a evitar, era vital à auto-estima daqueles homens. Do meu ponto de vista, a raiz das neuroses de guerra estava no conflito inconsciente entre o desejo de fugir e o desejo de retornar ao front em busca de glória — e aquelas neuroses não seriam curadas pela eletroterapia.

Era, na pior hipótese, uma crítica moderada a Wagner. Mas

2. Num documento em que Freud não hesita em admitir um enorme fracasso teórico, é surpreendente que deixe de mencionar que não *publicou* o artigo que leu perante a comissão austríaca (veja abaixo) e não o incluiu em sua própria lista de trabalhos publicados ou inéditos. O artigo foi encontrado nos arquivos austríacos e publicado pela primeira vez, em inglês, em 1955. Evidentemente, o *Manuscrito* justifica amplamente o desejo de Freud de relegar esse artigo ao que ele um dia denominou "pilha de refugos das tolices do passado"; é difícil saber se ele acreditava que o artigo não existia mais ou se não se dispunha a discutir a intenção de suprimi-lo.

tanto ele como a comissão de inquérito rejeitaram meus argumentos.[3] *Insistiram em que qualquer tratamento psicanalítico levaria muito tempo, tendo-se em vista a prioridade de reconduzir os jovens ao front o mais rápido possível.*

Nos dias que se seguiram a meu depoimento, a comissão dedicou muito tempo a atacar a teoria psicanalítica, em minha ausência.

Ao final, Wagner foi inocentado, e a história, rapidamente esquecida pela imprensa. Os jovens que apresentaram acusações contra ele foram admoestados e a psicanálise, uma vez mais, descartada como fraude tola. Nas semanas seguintes, fiquei arrasado: a euforia pela possibilidade de ser, finalmente, reconhecido por meus colegas deu lugar a um sentimento profundo de que a junta me convidara para me humilhar.

Procurei esquecer toda a experiência, embora, em retrospecto, eu saiba hoje por que me senti tão indefeso e humilhado. Durante a investigação da comissão, evidenciou-se que tudo fora arquitetado. O Exército e a instituição médica convidaram-me como uma testemunha "especializada" que, tinham certeza, se oporia a Wagner (e talvez, por se tratar de um amigo, contassem com uma crítica moderada). Porém, como meu trabalho era tido em tão baixa estima nos círculos médicos, por mais razoáveis que fossem minhas críticas, cada um e todos seriam igualmente preconceituosos

3. Ernest Jones assinalou que Wagner se ressentiu com o artigo de Freud: "A amabilidade de Freud", escreveu Jones, "não foi de modo algum retribuída. Seria possível pensar que ele fora bastante generoso em seu Memorando, mais do que teria sido um estranho, mas Wagner-Jaurreg não ficou satisfeito. Quando escreveu sua autobiografia, publicada postumamente [...], não apenas acusou Freud de intolerância, mas também afirmou que, numa vingança pelas críticas provenientes da Clínica Psiquiátrica [ou seja, críticas a Freud] ele fez [...] um ataque pessoal a Wagner-Jaurreg [...] Não contente com isso, Wagner-Jaurreg perpetuou a lenda [...] de que Janet era o verdadeiro pai da psicanálise" (Jones, op. cit., vol. III, p. 41).

contra o que eu dissesse, e minhas observações seriam descartadas sem nenhuma consideração cuidadosa de seus méritos.

Antes de prestar meu testemunho no inquérito, eu esperava que, omitindo as críticas arrasadoras que poderia desferir facilmente contra as práticas de Wagner durante a guerra, ganharia a simpatia da instituição por meu desejo óbvio de evitar qualquer observação áspera e conquistaria, no longo prazo, novos adeptos para a psicanálise. Se fui ingênuo, se fui ludibriado e usado pela instituição médica e política, se me sentia profundamente humilhado por toda essa história, tenho hoje consciência de que obtive o que merecia. Pois eu acreditara que meus argumentos eram melhores que os de Wagner, que minha ética era superior à dele.

Reconheço que fui responsável por minha própria humilhação; meu desafio à comissão de inquérito não foi apenas tímido; não era melhor que a argumentação de Wagner. Ambos apresentamos justificativas moral e clinicamente repreensíveis.

6. Paralisia

Certamente, não foi por acaso que finalizei meu livro sobre psicologia de grupo e, a seguir, meu ensaio sobre as origens de nosso senso moral em O ego e o id, *pouco depois do inquérito.*[1] *Questões políticas e suas relações com a teoria da psicanálise começaram a me obcecar, e minhas obsessões, como todas as outras (a psicanálise demonstrou), não estavam livres de paranóia e de um profundo sentimento de culpa. Eu suspeitava dos motivos daqueles que me convidaram a testemunhar; mas também fui responsável por minha incapacidade em defender adequadamente aqueles jovens que, a meu ver, foram torturados sob a égide de Wagner. Eu agora procurava desesperadamente corrigir o erro de tê-los abandonado, que resultou no fracasso em deixar minha marca para os juízes e a opinião pública. Fiquei obcecado por refazer meu passado, repará-lo, ser bem-sucedido naquilo em que fracas-*

1. *Psicologia de grupo e a análise do ego* foi publicado originalmente em alemão em 1920. A primeira edição inglesa apareceu em 1922 (ES 18:91). *O ego e o id* foi publicado em alemão em 1923. A primeira edição inglesa foi publicada em 1925 (ES 19:23).

sara com tanta ignomínia; escrevi obsessivamente sobre as raízes psicológicas da moral.

Em 1920, o breve pronunciamento no qual observei que a medicina deve ser independente da autoridade política, perdeu-se perante a comissão, porque não lhe dei a devida ênfase, preocupado com meu amigo Wagner. Somente agora me sinto em condições de admitir que esse cuidado jamais foi reconhecido ou prezado por Wagner; e somente agora compreendo que foi uma precaução nascida de meu próprio sentimento de inadequação. Também eu me amedrontei com a reputação de Wagner: não queria criticá-lo, e sim conquistar seu respeito e reconhecimento pelo que eu criara. Mas Wagner ofendeu-se com minha crítica, sempre tão moderada, e nesses anos todos eu não compreendia por quê. Eu me culpava e hoje posso admitir francamente que, na época, Wagner e a comissão me intimidaram por minha incapacidade de amparar meu ataque moral com alguma teoria psicológica.

Nas tentativas obsessivas de me reconciliar com esses acontecimentos cataclísmicos de minha vida, escrevi que a força moral de nossos líderes derivava de uma psicologia que não era moral em nenhum sentido verdadeiro do termo. Argumentei que os desejos, reais ou imaginados, que os filhos tinham de matar o pai originaram um sentimento de culpa universal de que os filhos não podiam se livrar. Era essa a base da autoridade moral.

Nos recônditos de minha mente, devo ter me perguntado amiúde sobre os jovens que Wagner havia torturado e chamado de "simuladores". Quanto mais escrevia sobre o sentimento de culpa, mais me conscientizava de que continuava sem explicação aquilo que eu deixara de esclarecer à comissão em 1920. Na realidade, o verdadeiro desafio à autoridade moral — e à teoria psicanalítica — eram aqueles jovens.

Na época, a psicologia deles fora mal interpretada por mim. Eu sugerira que suas neuroses poderiam ter sido "curadas" pela psicanálise, pois resultavam de conflitos afetivos inconscientes. Mas isso seria substituir as sessões de tortura de Wagner por uma cura "pela palavra". Tanto quanto Wagner, eu estava disposto a enviá-los de volta ao front, por isso minha crítica perdeu a força.

Ocorre que eu negligenciara uma pista importante sobre nossa estrutura psicológica. Os jovens que haviam desenvolvido paralisias recusavam-se a aceitar a loucura do Estado.[2] *Não tinham meios de argumentar contra o Estado nem de justificar seus medos, porque não havia nenhuma indignação social expressiva. Eles tinham sido abandonados por todas as autoridades "morais".*

Porém, após as experiências no front, eles não podiam justificar, nem sequer para si próprios, as reivindicações do Estado à autoridade moral; também não podiam rejeitá-lo. Foram abandonados pela medicina, pela ciência e por suas famílias. Além de não terem a quem recorrer, tinham um profundo sentimento de medo, decorrente não só da necessidade de autopreservação, como da compreensão quase instintiva de que havia algo de absurdo e injustificável nas circunstâncias a que foram expostos. Todavia eram incapazes de articular o que os perturbava, porque não havia estrutura social ou familiar que os compreendesse ou assistisse. Temendo uma coisa que nem eles nem ninguém pareciam compreender, reagiam do único modo adequado àquelas circunstâncias: ficavam fisicamente paralisados. Sua paralisia era tanto uma reação simbólica a circunstâncias que estavam fora do

2. Isto também não tem nenhum precedente no pensamento freudiano. Uma idéia vagamente semelhante foi sugerida nos idos de 1897, quando Freud escreveu a Fliess: "[C]om as ondas sucessivas do desenvolvimento de uma criança, ela é sobrecarregada por piedade, vergonha, e coisas assim, [...] [e] a não ocorrência dessa extinção das zonas sexuais pode produzir insanidade moral" (Carta 75, na ES 1:363; as palavras "insanidade moral" estão em inglês na carta original). É claro que no *Manuscrito* o desenvolvimento sexual não é mais a questão. É a loucura da autoridade que causa paralisia psicológica e física.

controle de todos, quanto uma solução muito real para um compromisso fundamentalmente desesperado.

Podemos nos perguntar, entretanto, que mecanismos psicológicos seriam responsáveis pela paralisia daqueles jovens. De imediato nos ocorre que eles não eram mais capazes de auto-engano; estavam incapacitados de se iludir sobre sua posição na sociedade — já não podiam mais aceitar o papel do "herói" ou do "patriota" — tanto quanto de convencer os outros de que o mundo é um lugar irracional. Não podiam mais aceitar o Estado ou outra autoridade qualquer, porque fazer isso é uma forma de auto-engano. A autoridade, o Estado, têm a pretensão de saber tudo, de ter uma compreensão universal; aqueles jovens haviam reconhecido o vazio de tal pretensão, embora não conseguissem articular essa idéia.

Aqui estamos na fronteira entre o físico e o mental; pesquisas futuras terão de nos dizer por que a perda do auto-engano causa paralisia. Estou certo de que há variações individuais, mas não me surpreenderia descobrir que a incapacidade desses jovens de continuar a ser enganados por suas emoções e a conseqüente incapacidade de articular sua própria moral estão no âmago da questão.[3]

3. A paralisia "histérica" desses jovens é uma confirmação deveras extraordinária da idéia de que, habitualmente, as emoções disfarçam a irracionalidade de nossos atos — em outras palavras, de que as emoções estão no cerne de nosso auto-engano. Vide a discussão precedente de Freud, sobre o papel das emoções no auto-engano, pp. 58-9. Vide também p. 58, nota de rodapé 8, para uma alusão às síndromes do lobo frontal em que a perda do afeto (emoções) causa incapacidade de agir (paralisia).

7. Uma moralidade ultrapassada

Mas, em 1920, o que me preocupava mais era minha própria relação com a sociedade austríaca. Se acreditara ter sido convidado a testemunhar graças ao reconhecimento da importância de meu trabalho, logo me apercebi de meu próprio auto-engano. Eu fora apenas um peão nas mãos de Wagner e seus colaboradores. Fui incapaz de encarar meu fracasso, um fracasso que era tanto intelectual quanto pessoal, e passei a década seguinte obcecado pelo problema da autoridade, sem me dar conta de que a teoria psicanalítica era profundamente deficiente.

Julius Wagner recebeu o prêmio Nobel pela terapêutica da malária em 1928. Agora, menos de uma década mais tarde, a cura de Wagner para a paralisia sifilítica está completamente esquecida.[1] *Sua "teoria" consistia em substituir uma doença por outra; essa idéia remontava a Hipócrates, se não o antecedia — o que o*

1. Freud acrescentou a frase seguinte — mais tarde riscada — depois da palavra "esquecida": "e talvez seja este o melhor comentário que eu possa fazer sobre a significação de prêmios que detêm grande prestígio e que se tornaram

Comitê do Nobel parecia ignorar. Pacientes paralisados por sífilis "curavam-se" ao serem infectados por malária. Obviamente, Wagner apenas substituíra uma forma de sofrimento por outra e com certeza não prolongara a sobrevida dos pacientes. Portanto essa forma de "cura" de Wagner não diferia da "cura" proposta por ele para as paralisias histéricas dos soldados austríacos. A violência (eletroterapia) fez que retornassem ao front, exatamente como a violência (uma boa dose de malária) fez os sifilíticos paralisados andarem de novo. Em certo sentido, Wagner parecia considerar como "simulação" todas as formas de doença.

Na época, o reconhecimento que Wagner alcançara incomodava-me, pois quem realmente o merecia, a meu ver, era eu. Eu também argumentara que meus pacientes substituíam uma forma de doença (neurose) por outra, mas considerava meus argu-

---

uma obsessão entre os membros da comunidade científica, senão literária, de nossos dias". À mesma página, na margem do exemplar do *Manuscrito* de Bernadette Schilder, Freud escreveu, e riscou, o seguinte parágrafo:

"Uma vez coroados com a glória de um prêmio Nobel, tanto a terapêutica da malária quanto Wagner tornaram-se intocáveis. Pessoas que antes tinham dúvidas, nunca proferiram uma palavra de protesto depois que o comitê do Nobel alçou Wagner e sua terapêutica à classe dos 'imortais'. Mas alguém já se perguntou por que um homem que inventou a dinamite, que buscou sua própria forma de imortalidade criando um prêmio valioso deveria ter tão grande influência sobre os pensamentos de pessoas razoáveis? Reputações são construídas da noite para o dia, e talvez a facilidade com que isso se torna possível e a condição extraordinária dos detentores do prêmio tenham criado uma nova obsessão por prêmios. Obsessivos comuns de hoje transformam-se em gênios amanhã. Considero mais curiosa não a elevação tola desses homens a uma condição que nada tem a ver com o valor deles, mas a crença aparente de que efetivamente merecem toda a atenção e a admiração que receberam. Pior, anseiam por uma aclamação ainda maior ao se verem tão venerados."

É claro que minha própria experiência limitou-se a um laureado com o prêmio Looker, Norman Dicke. Não obstante, tudo o que Freud diz sobre Wagner e o prêmio Nobel é também verdadeiro para Dicke.

mentos psicológicos no mínimo mais sutis, reveladores e importantes que os dele.[2]

O que mais me perturbou nas semanas e meses que se seguiram à proclamação de sua inocência talvez tenha sido a necessidade de admitir que nossos pontos de vista sobre moralidade eram surpreendentemente semelhantes. Eu ainda não compreendera o desafio de nossos soldados. Tanto Wagner como eu, cada um a seu modo, aceitáramos a idéia de que existiam razões psicológicas profundas para a aceitação das figuras de autoridade. Nenhum de nós se preocupava com o significado da moralidade subjacente à autoridade. Parecia irrelevante.

Eu procurara superar essa falta de conteúdo moral postulando que o respeito pela autoridade deriva de um sentimento de culpa originado de um crime verdadeiro ou imaginado: a culpa pelo assassinato do pai seria responsável pela obediência às figuras de autoridade que se seguissem. A possibilidade de termos um sentimento de culpa, ainda que relativo a eventos imaginários, significava que nossas ações tinham um fundamento moral; fazemos distinções entre o certo e o errado e julgamo-nos de acordo com elas. Eu pensava ter chegado a uma conexão deveras extraordinária entre a psicologia e a moralidade, e havia mostrado como, a despeito de nós mesmos, nossa natureza profundamente moralista permeava sempre nossos pensamentos e ações.

Podíamos procurar evitar nossos próprios comandos morais, mas defrontávamo-nos, inevitavelmente, com a "culpa". Nossos

2. Uma vez mais, Freud acrescentou aqui um comentário que, embora riscado com uma linha grossa, ainda era legível: "O que devo pensar daquela história desagradável (ou será uma anedota?), que ouvi recentemente, de que Thomas Mann me indicou para o prêmio Nobel, desde que não fosse de literatura, e a Albert Einstein, desde que não fosse de ciência (ao menos não de física, pois medicina não é bem uma ciência)?". A fonte dessa história é desconhecida.

desejos de agir contra nossos melhores juízos podiam ter mais peso do que esses comandos morais; mas, mesmo que a psique nos ocultasse tais juízos, confrontaríamos sempre uma culpa inexplicável que se manifestava, com bastante freqüência, como uma sensação vaga de insatisfação.[3]

Porém, na visão de Wagner, até a culpa era desnecessária — nós somos o que parecemos ser. Os homens são honestos ou mentirosos. Para ele, a teoria da repressão era detestável porque sugeria que podemos dizer inverdades — nossas lembranças podem ser imprecisas — acreditando estar dizendo a verdade. A idéia de que era possível sermos desonestos apesar de desejarmos o contrário era para Wagner moralmente repreensível — portanto psicologicamente impossível. Ele considerava as noções de "certo" e "errado" perfeitamente evidentes por si próprias, livres de qualquer ambigüidade e dispensando questionamentos. Como para meus professores ao final do século passado, a visão limitada de Wagner sobre a moralidade determinava suas idéias sobre a psicologia humana.

Apesar das limitações da minha teoria da repressão, ela foi concebida como uma resposta a essas idéias simplórias sobre a

3. A visão de Freud parece-me notavelmente semelhante à do teórico dos jogos (vide a conversa entre Von Neumann e Anna Freud, pp. 131-7) — a moralidade é estratégia —, porém mais profunda, pois procura explicar a *necessidade* de agir de determinada maneira. Nós somos, diz Freud, *comandados* por nossos *sentimentos* de culpa. Segundo a Teoria dos Jogos, seria possível argumentar que somos conduzidos por um desejo de vencer, embora sentimentos sejam desnecessários. O processo todo pode ser programado num computador e, evidentemente, a entidade "biológica" fundamental, tão cara ao biólogo que se utiliza da Teoria dos Jogos, é o gene egoísta, ao qual não existem sentimentos a serem atribuídos. Por outro lado, um robô freudiano manifestaria seus escrúpulos morais *sentindo-se culpado* — embora o modo como um robô seria capaz de culpa esteja bem além do desenvolvimento tecnológico de nossos dias. Porém, por mais profundas que sejam as idéias de Freud, ele as rejeita no próximo capítulo.

psicologia e a moralidade. Na raiz da psicologia de Wagner, parecia-me haver um conjunto de idéias muito rígidas, conformistas, sobre a moralidade; como já afirmei, sua teoria psicológica derivava de sua moralidade.

Decidi inverter a equação, para demonstrar as complexas ambigüidades de nossa psicologia e para mostrar que nossas regras sociais — inclusive as noções de "certo" e "errado" — são, ao menos em parte, conseqüência dessas ambigüidades. Da mesma forma que o modelo do sistema solar propiciou aos físicos um primeiro passo importante para a compreensão do interior do átomo — um modelo desde então abandonado —, minha teoria da repressão propiciou-me uma compreensão inicial importante da relação entre ambigüidades psicológicas e moralidade.

Porém, na visão de Wagner, havia o pressuposto não especificado de que aqueles que estão no poder têm o direito de nos chamar à obediência. Era uma questão de crença cega, pois o "patriotismo" não demandava justificativas. Isso explicava o tratamento dos soldados e o tratamento, agraciado com o Nobel, do sifilítico paralisado. Muitas de suas curas não eram duradouras, o que reforçava a necessidade de mais brutalidade.

Embora o Nobel de Wagner me incomodasse profundamente, não abalou minha convicção de que na raiz da moralidade havia um sentimento de culpa. Talvez a tenha até reforçado, porque me fez sentir que meu argumento era mais sutil — e mais moral — que o dele. No entanto, quanto mais procurava aprofundar minhas idéias sobre moralidade e psicologia, mais eu me via andando em círculos.

Foi quando me questionei sobre a psicologia do líder que entendi, subitamente, onde havia errado. Só então percebi como fora estranho eu falar sobre moralidade sem nunca me perguntar sobre as autoridades propriamente ditas. Eu nunca me perguntara se havia alguma justificativa para a ambivalência perante a au-

toridade — mesmo para o desejo de matar — que tantas vezes observara na personalidade neurótica.

A psicanálise fora apenas um primeiro passo na direção da compreensão da psique humana. Era inevitável, eu sabia, que uma teoria melhor e mais completa a substituísse um dia; porém, essa renovação não seria possível enquanto as descobertas que havíamos feito e os avanços teóricos delas decorrentes não tivessem uma fundamentação sólida. Nunca hesitei em revisar os fundamentos da teoria psicanalítica, quando novas descobertas o exigiam. Mas a hostilidade da classe médica e do público não simplificou essa tarefa. Tive de sacrificar à defesa de nossas realizações um tempo que seria valioso para desenvolver a teoria. Como era de se esperar, concentrei esforços na área em que tivéramos os maiores sucessos, a das neuroses. Na clínica, vi pacientes profundamente perturbados por figuras de autoridade, mas nunca vi as próprias autoridades. Foi uma falha que somente agora posso começar a superar.

8. Megalomania

I

Eu relia as provas de meu livro Der Mann Moses und die monotheistiche Religion *quando, súbito, tudo se encaixou — minha obsessão de mais de quatro décadas por* Moisés, *minha incompetência para fazer frente à humilhação e ao fracasso após o julgamento de Wagner em 1920 e a negativa dele, no julgamento de Hellbach, do papel que representara e que foi revelado com a publicação, somente em polonês, de um obituário sobre seu amigo e colega Kozlowski.*

Percebi o que deixara de apreender. Eis o que me ocorreu:

A autoridade é, por sua própria natureza, psicótica — e essa é uma forma de megalomania.[1] *É psicótica porque arvora uma compreensão global do mundo e porque, como conseqüên-*

1. Talvez não surpreenda que alguns daqueles que leram o *Manuscrito* quando ele circulou para comentários antes da publicação reagissem especificamente à afirmação de Freud de que a autoridade é psicótica. Para uma seleção dos comentários, vide Notas, pp. 145-6.

cia, não tolera nenhuma crítica, ainda que banal. É psicótica porque a defesa extrema de sua própria autoridade é a violência, pois, dada sua compreensão global e única, nenhum outro indivíduo pode partilhar suas opiniões ou compreender plenamente as bases de sua autoridade. E é psicótica porque se baseia num conjunto ilusório de idéias que combinam, com freqüência, argumentos intencionalmente obscuros e incompreensíveis com banalidades emprestadas, sem reconhecimento, de trabalhos alheios. Seu obscurantismo justifica-se pelo conhecimento global do psicótico (megalomaníaco) — só ele tem acesso à compreensão verdadeira do mundo.

A lei é o exemplo mais antigo e duradouro da obra de um psicótico (megalomaníaco): é absoluta, onisciente (determina a natureza do conhecimento, bem como do certo e do errado), arbitrária e obscura (com a conseqüente necessidade de advogados, de juízes e do conjunto do aparato legal).

Não surpreende que a psicanálise tenha descoberto em pacientes neuróticos um sentimento de culpa ambivalente e muitas vezes sem direção. Mas não fizemos justiça a eles, porque não compreendemos o verdadeiro significado da ambivalência.[2]

II

É verdade que eu sempre pensara em Julius Wagner como um velho camarada de escola.[3] *Nos anos que se seguiram ao cur-*

2. Thomas Szasz resumiu algumas dessas idéias em 1974 ao escrever: "A dúvida está para a certeza como a neurose está para a psicose. O neurótico duvida e teme pessoas e coisas; o psicótico tem convicções e exigências. Em síntese, o neurótico tem problemas, o psicótico tem soluções" (Thomas Szasz, *The Age of Madness*, 1974).

3. A parte seguinte do capítulo 8 do *Manuscrito* mostra as revisões parciais de Freud. Os comentários marginais na cópia de Bernadette Schilder não po-

so de medicina, eu começava a desenvolver minhas idéias que se transformariam no cerne da teoria psicanalítica. Wagner tinha pouco interesse por meu trabalho, e eu nunca insisti. Na verdade, como afirmei, sentia-me intimidado por ele. Tinha vergonha de falar-lhe sobre as grandes linhas de meu pensamento porque receava que as rejeitasse; e temia-o porque ele possuía uma autoconfiança que eu achava devastadora. Parecia-me ser alguém que sabia distinguir o certo e o errado, e minhas idéias eram incoerentes demais para serem apresentadas a ele com segurança. Wagner era um daqueles homens cuja autoconfiança, cujo desprezo cínico pelos pensamentos e sentimentos alheios lhe granjeava um respeito sem limites.

Mas depois, quando toda Viena discutia o estuprador e o livro de Kozlowski, um amigo mostrou-me o obituário de Wagner sobre seu antigo colega. Desde 1920 eu sabia que Wagner e Kozlowski trabalharam em íntima união. Kozlowski não comparece-

---

dem ser inteiramente decifrados, e achei mais prudente não especular sobre como ele reescreveria esse capítulo se dispusesse de mais tempo. De modo geral, ele parece ter tido certos receios referentes à comparação entre Hellbach e Wagner. Decidi publicar aqui o capítulo todo, pois retrata com força a visão de Freud sobre a personalidade megalomaníaca, uma visão à qual estudos clínicos recentes ofereceram uma sustentação poderosa. [Vide, por exemplo, John Young et al., "As bases fisiológicas da personalidade 'megalomaníaca': mecanismos inibitórios no córtex temporal", *Proceedings of the National Academy of Sciences* 45 (1998), 45, pp. 2341-7. Vide também Bernard Held, "Prozac e mudanças de personalidade", *The New England Journal of Medicine* 79 (1997), pp. 220-3. O laboratório SONY, em Tóquio, produziu alguns experimentos interessantes que estão registrados em "Um robô que pensa sobre si mesmo", *Robotics* 3 (1999), pp. 25-41.]

Bernadette Schilder concordou que seria melhor incluir este capítulo. Disse que ele a lembrava de um cientista importante que ela encontrara há não muito tempo. E, naturalmente, como o leitor sem dúvida perceberá por si, há algo de Dicke, como eu o descrevi em minha introdução, que Freud também apreendeu.

ra ao inquérito, mas enviara uma carta em defesa de Wagner, explicando que nunca torturara nenhum soldado; ao contrário, passara a maior parte do tempo tratando pacientes por meio de sugestão, e não aplicando choques elétricos. "Os senhores devem compreender", escreveu à comissão, "que o método a que recorríamos — um método tanto física quanto moralmente penoso para o médico — era associado a técnicas que não utilizavam nenhuma corrente elétrica." Observou que ameaçara com eletroterapia um exibicionista claramente incorrigível, mas nunca chegara a colocar eletrodos nele. Descreveu suas palavras ameaçadoras diante das celas dos soldados presos como "um pouco de sugestão para dizer aos impostores que seriam submetidos a algo misterioso e muito eficaz". E orgulhava-se de ter reenviado ao front muitos "impostores" que, graças a sua eletroterapia suave, recuperavam subitamente a capacidade de andar e desempenhar suas obrigações como qualquer outro soldado honrado do exército. De fato, muitos simuladores agradeceram-lhe pelo tratamento e retornaram ao front, onde lutaram e morreram com dignidade.[4]

A ausência de Kozlowski no inquérito era, pensei então, suspeita. E aquela carta, de acordo com todas as testemunhas, não passava de um rol de mentiras. Entretanto, Wagner o defendeu. Admirei essa conduta — até ler o obituário sobre Kozlowski, em polonês, e notar seu silêncio sobre o julgamento de Hellbach.

Mas por que tanta preocupação com um estuprador? O que induzira Kozlowski a escrever um livro sobre ele e solicitar o apoio de Wagner para obter a suspensão da sentença? À medida que me interessei mais pelo julgamento, o estuprador transformou-se num personagem fascinante, e comecei a compreender por que Wagner e Kozlowski se interessaram tanto por ele.

4. A íntegra da carta pode ser encontrada em Eissler, op. cit., Apêndice 5, pp. 390-5.

As notícias de jornal sugeriam que se tratava de um homem convicto de ter maior conhecimento que o comum dos mortais. Hellbach desprezou as acusações que lhe faziam, tanto quanto Kozlowski e Wagner desprezaram as acusações dos soldados torturados. Ele obedecia a uma moralidade mais elevada e incompreendida.

O estuprador disse à corte: "Não posso afirmar se minhas acusadoras foram ou não estupradas. Eu estava muito longe. Cavalheiros, os fatos deste caso não me dizem respeito; mas, tendo ouvido pacientemente as denúncias, também eu só posso condenar quem cometeu esses crimes".[5]

Assim como Kozlowski e, por fim, à medida que eu aprendia mais sobre um lado de Wagner que desconhecia, tal como o próprio Wagner, o estuprador nunca falava como acusado, mas como advogado do réu. Eu começava a compreender que os três conseguiram criar uma imagem quase sobre-humana de si próprios — balões enormes, à sua imagem, de que eles nunca se desprendiam, mas que outros invejavam, odiavam, repreendiam e baniam. Seu ego transformara-se nesses balões: extensões inseparáveis dos mestres, caricaturas infladas deles mesmos.

Eram capazes de firmar-se como autoridades morais, acima dos procedimentos ou julgamentos mundanos. Cada vez mais eu

5. Luc Tangorre, o estuprador francês que mencionei antes (vide p. 61 e 63), declarou no tribunal: "*La réalité des viols, ce n'est pas mon problème. La réalité des faits, ça ne me concerne pas*" ("A realidade dos estupros não é problema meu. A realidade dos fatos não me concerne"). Após a leitura das acusações contra ele, disse: "*Après avoir lu un réquisitoire qui est accablant, moi le premier condamnerais celui qui est concerné. Mais ces éléments ne correspondent pas à la réalité*" ("Após ter lido as acusações [indiciamento], que são esmagadoras, eu seria o primeiro a condenar o envolvido, fosse ele quem fosse. Mas esses elementos não correspondem a nenhuma realidade") (*Le Monde*, "Luc Tangorre s'estime victime d'une manipulation" ["Luc Tangorre considera-se vítima de uma manipulação"], 5 *février* 1992, p. 13).

reconhecia uma frase que ouvira de alguns pacientes e que sempre considerara confissão de culpa. O estuprador, Kozlowski e Wagner negavam constantemente o que haviam dito: "Eu nunca disse isso", era seu refrão habitual.

O extraordinário nisso era que, em vez de ser uma confissão de culpa, como eu havia suposto ouvindo meus pacientes, era uma afirmação de que eles estavam acima de qualquer julgamento dos outros mortais. O estuprador nunca disse que havia estuprado. Condenava o estupro como um crime atroz, assim como Wagner e Kozlowski condenaram o uso de eletroterapia para tortura. Entretanto o primeiro estuprava, e os outros dois torturavam. E nenhum deles se considerava culpado. O estuprador nunca pensou em si mesmo como estuprador; Wagner e Kozlowski nunca se viram como torturadores.

Meus pacientes teriam ficado bem felizes em confessar suas culpas. Não é de admirar que as curas analíticas tenham se tornado intermináveis. Elevei a culpa e a autoflagelação à condição de virtudes cardinais. Mas o estuprador, Kozlowski e Wagner jamais poderiam submeter-se a nenhuma forma de análise.

Havia ali uma relação estranha que a teoria analítica não captara, uma relação entre violência, egos extraordinariamente inflados com compreensões globais do mundo e mentira premeditada. Eu começava a crer que, se entendesse essa relação, finalmente chegaria às raízes psicológicas da moralidade.

À medida que descobri mais sobre Wagner, por intermédio do amigo que me mostrara o obituário, um paralelo estranho entre Wagner e o estuprador começou a tomar forma em minha mente. Ninguém, nem amigos íntimos, colegas e colaboradores, sabia nada sobre eles. E o pouco que talvez imaginassem saber, certamente não era verdade.

Wagner, disse meu amigo, sempre tivera orgulho de sua capacidade para executar projetos no mais completo segredo. Con-

siderava-se um especialista na arte de criar disfarces e freqüentemente, durante a Grande Guerra, imaginara-se um espião de primeira classe. Nos últimos anos, como investigador científico, considerava Al Capone mais do seu agrado. Desde o prêmio Nobel, declarava que todas as suas atividades faziam parte de suas investigações científicas. Colegas do passado falam de encontros tarde da noite, em cafés, onde ele relatava suas últimas idéias científicas.

E partia nas primeiras horas da madrugada, dizendo que, embora sua mulher se incomodasse por ele chegar às quatro da manhã, tinha de retornar ao laboratório para trabalhar. Via o colega desaparecendo no fim da rua. Muitos suspeitavam que Wagner ia visitar uma amante, é claro — e sem dúvida era essa a impressão que ele queria dar. Mas Wagner não se dirigia nem ao laboratório nem a uma amante. Não morava com a mulher havia anos. Fazia-lhe visitas semanais não anunciadas.

Na realidade, ia para casa, um pequeno sótão perto de sua clínica em Viena. Ali estava rodeado por retratos de si mesmo. Em diversas fotos, aparece apertando as mãos do rei da Suécia, ou dançando com a esposa do rei e outras mulheres da corte sueca. É capaz de passar horas hipnotizado por essas imagens. De tempos em tempos, olha-se num dos espelhos que o cercam nas paredes do sótão e põe uma peruca, escolhida dentre as que guarda cuidadosamente numa gaveta, para esconder a calvície. Já nos tempos do curso de medicina Wagner batia de leve no alto da cabeça enquanto falava e, a seguir, empurrava a ponta do nariz para cima com o indicador.[6]

Creio que Wagner pensava transcender as capacidades humanas normais em tudo que fazia. As táticas evasivas que adota-

6. Não está claro se a fonte das observações de Freud é seu "amigo" ou se Freud, aqui, toma certas liberdades, extrapolando amplamente as lembranças dos dias em que conviveu com Wagner na faculdade de medicina.

va eram reveladoras de sua natureza excepcional e, pensava ele, dignas de admiração. Obviamente, dada a natureza excepcional de seu trabalho, que mereceria outros prêmios no futuro e lhe daria um lugar no panteão das mentes mais brilhantes de todos os tempos, precisava estar alerta para que não roubassem nem plagiassem suas idéias. Era cuidadoso no que dizia e cuidadoso no que punha no papel. Tal atitude conferia a todas as suas atividades um ar clandestino que muitos interpretavam mal.

Essa natureza excepcional relevava qualquer falha menor de caráter que ele eventualmente apresentasse. Wagner tinha direito a tais falhas; homens comuns tinham as falhas e nada mais. E era por isso que ele tinha o direito, e mesmo a obrigação, de dirigir as atividades dos outros — para o bem deles, assim como do público.

Hellbach, a sua própria maneira, tivera brilhante sucesso nesse jogo. Fora preso por estupro e perdoado pelo presidente da República. Também ele não podia acreditar que alguém fosse capaz de desmascarar suas táticas diversionárias. O que o prêmio Nobel era para Wagner, o perdão do presidente da República era para Hellbach. Ambos tiveram o reconhecimento das autoridades mais importantes do mundo.

E aqueles que desafiavam Wagner ou Hellbach tinham de ser destruídos, como nações destroem quem desafia seu poder. Ambos eram violentos e intolerantes para com todos que não os admiravam. No âmago de seu sucesso estava a habilidade de enganar, mas nem eles nem seus admiradores jamais expressaram esse pensamento.

Mas era inevitável que o respeito e a admiração inspirados por um Wagner ou um Hellbach tivessem curta duração. Mentes comuns pensariam, eventualmente, que poderiam fazer o que Wagner havia realizado, sem entender que todo pensamento que jamais tiveram era devido a ele. Enquanto se devotavam a Wag-

ner, absorviam sua maneira de pensar, seu gênio; depois esqueceriam as origens de suas idéias. Mentiriam e trapaceariam. Wagner e Hellbach não mentiam, porque haviam aperfeiçoado a arte da mentira a um ponto em que a verdade se tornara irreconhecível. Haviam mentido com tanta consistência, recebendo elogios por suas mentiras e fraudes, que criaram em sua própria mente uma visão de mundo à qual só eles tinham acesso.

Esses homens revelavam-se constantemente em "textos sagrados" (a "teoria" de Wagner e seus acréscimos ulteriores; as observações de Hellbach registradas por jornalistas), criando novos enigmas. As inconsistências demonstravam a compreensão limitada dos outros, porque as inconsistências, e até as contradições gritantes, desapareceriam quando se apreendesse o todo. Certamente, Wagner pareceu mentir, trapacear e roubar, como Hellbach pareceu estuprar.

Uma declaração de Wagner fora citada com freqüência: "Não roubei e trapaceei durante toda a minha vida para ver algum bastardozinho roubar a cena".

Dissera isso porque não havia meio de mortais comuns compreenderem o que dizia. Quando um policial finge ser membro fiel de uma quadrilha de ladrões para lhes armar uma cilada, está mentindo e trapaceando? Ou está contribuindo para manter a ordem social? Ele tem um propósito mais elevado, que os membros da quadrilha nunca entenderão.

O extraordinário em Hellbach e Wagner era a convicção absoluta com que procediam. Não eram homens que procuravam enganar o mundo, mesmo que enganar fosse precisamente seu maior talento. Não, Wagner e Hellbach estavam convencidos de que possuíam uma totalidade de saber e compreensão que os eximia de qualquer julgamento da parte de mortais comuns.

Se havia um atributo mental que faltava a ambos, era o sentimento de culpa. Foi essa percepção que me levou a reconsiderar as origens da autoridade moral na psique humana.

III

Há muito sabemos que o narcisismo é um estágio infantil do desenvolvimento e que é perturbado pelas admoestações alheias. Psicanálises mostraram que a criança busca recuperar o que chamei "perfeição narcísica da infância" criando o que antes denominei "ideal de ego" e que agora, com estudos ulteriores, denomino superego — uma incorporação à psique das admoestações dos pais e de outras figuras de autoridade. De acordo com a teoria psicanalítica, o que chamamos "consciência" na linguagem diária é esse superego; e vimos muitos pacientes cujos delírios paranóicos de serem "observados" não passavam de admoestações de seu superego.[7]

7. Aqui, o *Manuscrito* prossegue:

"Será que os homens (os Wagners) se transformam em heróis não por seus próprios pensamentos e ações, mas pelo relato falso de seus feitos, por uma superestimação extraordinária de seu valor e importância, da parte daqueles que, por estarem enamorados de seus heróis e de si próprios (os Kozlowskis), desenvolvem 'pontos cegos' à custa dos que foram banidos da história? O narcisismo de Kozlowski tornou-o presa de uma forma muito peculiar de amor, uma forma de veneração ao herói em que ele supervalorizava tanto a amada e, através dela, a si mesmo, que tinha de negar a própria existência dos outros. O narcisismo talvez seja uma designação incorreta, pois o verdadeiro valor do narcísico, seu verdadeiro amor por si próprio, só é possível através de um outro a quem possa atribuir qualidades que equilibram as suas e a elas acrescem."

O restante da página está muito manchado, e a leitura é impossível. Evidentemente, esta passagem notável evoca algumas das tiranias mais desastrosas da história, as quais, quando Freud escrevia, estavam em seus estágios iniciais — os Stalins e Berias, os Hitlers e Speers. Esses tiranos tinham planos globais e grandiosos para o futuro, e seus cúmplices narcísicos "esqueceram", reescreveram o passado à custa dos bodes expiatórios da história, mesmo depois que seus líderes se foram.

Observem que nesta passagem o ponto de vista sobre o narcisismo difere radicalmente da visão bem conhecida que Freud publicara antes em seu artigo "Sobre o narcisismo", de 1914. O texto do *Manuscrito* é compatível com o artigo de Freud de 1914.

Portanto, o superego era o que eu acreditara ser a instância de nossos julgamentos morais. Mas, se nossos julgamentos morais derivaram das admoestações das figuras de autoridade, qual era a fonte de tais admoestações? Qual era a natureza das regras ditadas às crianças que as compeliam a obedecer? Como, em outras palavras, as autoridades justificavam suas regras? E, antes de mais nada, o que as compelia a nos ditar regras?

Se eu evitara, ou melhor, não considerara essas questões no passado, fora por estar convencido de que temos uma natureza moral inerente que seria o cerne de nosso desenvolvimento psicológico. Meu desafio aos grandes pensadores morais não era a afirmação de que não poderia haver nenhuma moralidade, e sim que, ao contrário, ela era parte da própria tessitura de nossa psique e criava, inevitavelmente, conflitos insolúveis, porque temos também desejos que nos levam a nos opor a nossa natureza moral. Argumentava que nosso comportamento cotidiano refletia nossas tentativas inconscientes e canhestras de satisfazer essas demandas conflitantes e alegava que, no longo prazo, o fardo seria muito grande, e infligiríamos violência a nós mesmos e aos outros. O que eu desafiara nos pensadores do passado fora a idéia de que a moralidade — um "bem" absoluto — poderia se tornar um princípio norteador do comportamento, porque somos mais do que os egos morais que eu acreditava termos adquirido na infância.

Agora evidenciava-se que parte de nossa rejeição às regras morais representava nosso reconhecimento não explicitado de que as próprias fontes daquelas regras internalizadas na infância careciam de conteúdo moral — e, pior, um sentimento vago de que aqueles que reivindicavam autoridade moral tinham uma psicologia muito diferente da nossa. Medo, ignorância e intimidação impediam-nos de examinar como essas autoridades "morais" eram diferentes; e o medo e a intimidação operavam justamente porque não podíamos compreender, ignorávamos o que havia de tão diferente em nossos mestres morais. Obviamente, estávamos convencidos, nossa psicologia nos compelia a acreditar que precisávamos de algum tipo de autoridade moral, pois mal podíamos imaginar o caos que reinaria sem ela.

Devo deixar para especulação futura como será o mundo quando as verdadeiras origens psicológicas de nossas leis forem identificadas, o que será inevitável com o avanço do conhecimento. Os desafios à autoridade parental e política serão tão profundos, que certamente devastarão as instituições familiares e políticas tais como as conhecemos hoje.

Eu errara ao acreditar que seríamos, um dia, subjugados pelo sentimento de culpa. À medida que adquirirmos um conhecimento maior sobre nós mesmos, seremos subjugados não pela culpa, mas por um vácuo moral enorme que pode se tornar intolerável e desencadear forças destrutivas que o mundo nunca viu. Para encontrarmos as origens de nossa moralidade, devemos deslocar-nos para além das neuroses que por tanto tempo me preocuparam; devemos buscar as raízes de nossa moralidade no comportamento psicótico; e, como observei, é no auto-engano que encontramos remanescências desse comportamento na vida diária.

Pois ao falarmos no "mérito" de um homem, em seu "valor", acreditamos, sem dúvida, estar fazendo uma avaliação moral. No entanto, se nos detivermos nisso por um momento, sabemos todos que homens de valor, chefes de Estado, donos de grandes fortunas, mesmo homens de grandes realizações científicas e intelectuais, raramente estão à altura de sua reputação.

O que sabemos, e não ousamos dizer, é que o mérito de um homem, seu valor, está em sua capacidade de encená-lo, de responder nas circunstâncias em que sua ignorância é absoluta, sem por nenhum instante deixar transparecer o quanto desconhece. É o que revela o estudo da história humana como a verdade única e eterna, a origem de toda invenção, o impulso da civilização, o fundamento das maiores realizações e glórias do homem; e a percepção disso é a margem recortada em que seu próprio navio de glória se despedaçou. É a raiz da psicologia humana, sua origem, sua fonte e seu mais misterioso poço de escuridão.

Nós a vislumbramos com freqüência, pairamos sobre ela, mas nunca tivemos a coragem de mergulhar em suas profundezas. Nenhum de nós foi forte o suficiente para erguer-se e dizer: "A fraude é o homem". Fizemos o possível para vestir a grande fraude em glória e a fraude mesquinha em crime. Nós a admiramos de longe e evitamos perscrutá-la de perto; nós a condenamos em suas formas menores. A fraude é a moeda corrente da psicologia cotidiana; é o fundamento além do qual não podemos avançar.

Não aprendemos isso com a análise, como eu pretendia, mas observando o comportamento psicótico que nos rodeia.

Na verdade, o que essa patologia ensina é que, ao falar sobre as "importantes", as "profundas", "as grandes questões do momento", os pacientes com freqüência estão apenas inflando idéias banais. Quando o megalomaníaco nos diz que nada é mais importante do que obedecer a esta ou aquela regra, não é o conteúdo da regra que o instiga, mas o fato de ser a regra dele.

O desenvolvimento da psicologia humana requer que se crie a noção do que é "importante", embora consista numa miragem frágil que, desprovida de convicção, deixa-nos desorientados, deprimidos e sem um sentimento de existência. A vantagem do psicótico, do megalomaníaco, é sua crença inabalável do que é importante.[8] *Se tivéssemos todos a mesma certeza, nosso equilíbrio psicológico não estaria sujeito a tantas vicissitudes.*

8. Notem novamente, aqui, o papel importante das emoções na criação da crença e do auto-engano. (Vide nota de rodapé 8 à p. 58 e nota de rodapé 3 à p. 80.)

Alguns psicóticos ou, mais especificamente, megalomaníacos preocupam-se com as grandes questões. Um paciente meu, o Doutor Schreber, nunca deixou de reprovar Deus por maltratar os homens.[9] *Outros têm preocupações extremamente banais, que apresentam em termos tão grandiosos, que nos levam a perceber que o megalomaníaco não está interessado no conteúdo de seu pensamento, mas na própria capacidade de criar importância a partir do nada.*

O megalomaníaco deveria nos induzir a uma pausa em nosso discurso cotidiano. Quando nos dispomos a considerar importante certo assunto, a defender com a vida nossa honra, nossa nação, nosso Deus, deveríamos saber que estamos nos enganando, que a chamada "psicologia humana" está revelando seus ossos descarnados. Normalmente, nossos estados megalomaníacos são limitados a momentos. Com o verdadeiro megalomaníaco é diferente: as questões importantes não só o preocupam constantemente, mas também são tão complexas, tão obscuras, tão parte de seu domínio privilegiado, que nenhuma pessoa comum poderia, de modo algum, compreendê-las. É essa preocupação com o difícil e o obscuro que situa o megalomaníaco à margem do cotidiano da sociedade e cria um mistério em torno de sua personalidade.

E por trás da importância que atribui a si mesmo o megalomaníaco tem um sentimento profundo de imortalidade — da imortalidade dele mesmo ou de suas obras. O sentimento de imor-

9. Vejam, por exemplo, a seguinte passagem dos escritos de Schreber: "*Deus realmente não sabia nada sobre os homens vivos e não precisava saber; em consonância com a Ordem das Coisas, Ele precisava apenas manter comunicação com cadáveres*" (citado em Freud, *Notas psicanalíticas sobre um relato autobiográfico de um caso de paranóia*, ES 12:41, 1911).

talidade, do eterno, reservamos habitualmente à religião, mas o estudo da megalomania revela-o como parte da psicologia diária. O megalomaníaco acredita-se imortal; é um mentiroso extraordinariamente sedutor, totalmente fraudulento em seus procedimentos com os outros indivíduos, inclusive os que considera como colaboradores íntimos. Exerce uma tirania absoluta — que inclui total controle sobre o modo como se fala em sua presença. É curioso que o megalomaníaco, apesar da perfeita evidência de sua natureza fraudulenta e tirânica, seja terrivelmente bem-sucedido em convencer o público de sua "genialidade" e de outros talentos e qualidades especiais. A fraude, devo acrescentar, parece mais convincente que a "honestidade."

[O capítulo termina aqui com algumas anotações indecifráveis.]

9. O superego alucinado

Os anos em que me interessei pelas raízes psicológicas da moralidade foram marcados por minha obsessão pela figura de Moisés, e só agora enfim compreendo por que ela tanto me intrigou. A análise do exemplo bíblico de Moisés nos indica, de imediato, uma possível origem da verdadeira natureza de nossas censuras morais.

O que denominamos nossa consciência, nosso senso de moralidade, origina-se numa alucinação.

A voz que transmitiu os dez mandamentos a Moisés não era, como no caso do delírio paranóico, de alguém que o observava, e sim de um aliado na luta contra o que Moisés considerava as práticas pecaminosas dos judeus adoradores de ídolos.

O fato de que os dez mandamentos tiveram origem psicológica numa alucinação leva-nos a perguntar por que eles teriam alguma força moral. Nenhuma daquelas "leis" serviu para guiar o comportamento de qualquer sociedade ou indivíduo. Sua irrelevância extraordinária enquanto leis morais e a aprovação univer-

sal (hipócrita) que obtiveram desde tempos imemoriais não sugerem moralidade, mas comportamento psicótico.[1]

O desafio "moral" que Moisés lançou aos judeus era parte de sua concepção global do universo. Dizendo-lhes que eram o "povo escolhido", Moisés sugeriu ser ele próprio (ou as vozes que lhe falavam) detentor de um saber sobre todos os outros "povos". Moisés tinha um conhecimento pleno do mundo, acessível somente a ele (e às vozes). Os dez mandamentos compunham o texto sagrado que, uma vez obedecido, com o tempo revelaria a totalidade da ordem das coisas. Não se podia questioná-lo, pois provinha de um Deus, incognoscível, onisciente — as vozes que falavam a Moisés. Qualquer resistência a essas leis era combatida com violência, e Moisés não hesitou em matar os judeus desobedientes.[2]

1. No *Manuscrito*, o tema do megalomaníaco como herói é inteiramente novo, embora Freud, segundo seu próprio relato, tenha chegado a essa conclusão não por seu trabalho sobre Moisés, como esse capítulo poderia sugerir a alguns leitores, e sim pelo desastre do inquérito de 1920, que Freud discutiu. Na verdade, a visão de Moisés no *Manuscrito* é, ao que parece, uma reflexão posterior. Pois a preocupação de Freud com Moisés remonta no mínimo a 1914, quando publicou um estudo "anônimo" (em sua própria revista *Imago*) sobre o *Moisés* de Michelangelo. Sua autoria era conhecida de todos os membros do círculo íntimo de Freud, e é provável que muitos dos leitores da revista a tenham adivinhado. Em seu estudo, Freud interpreta a estátua de Michelangelo como um Moisés que reprime sua ira pelos judeus, sugerindo que as tábuas caíram e quebraram-se acidentalmente. Pensava, evidentemente, num episódio de infância em que seu pai deixara de reagir a uma agressão anti-semita. Ele julgara o pai — bem como, aparentemente, Moisés — covarde. "Privar um povo de um homem de quem se orgulha como o maior de seus filhos" — ele escreve, lembremos, não apenas no início do *Manuscrito*, mas em seu precedente *Moisés e o monoteísmo*. Neste, a "negação" de Freud transformara Moisés numa fraude. Numa reflexão posterior, ele deve ter considerado tal "negação" inadequada, e descreve Moisés, no *Manuscrito*, como um megalomaníaco.
2. No que parece um comentário ao próprio texto, Freud escreveu (e depois riscou) na margem: "Por tudo isso, serei acusado de blasfêmia, mas verdadei-

A única evidência que conferiria crédito às reivindicações de Moisés, as pedras em que entalhou as leis ditadas por seu Deus, foi "destruída" quando ele despedaçou as tábuas. A lei moral não demanda prova, mas autoconfiança e força.

Notamos de imediato a similaridade desse caso com os de "delírios paranóicos" e somos tentados a atribuir exatamente os mesmos mecanismos psicológicos a Moisés. Mas um pouco de reflexão sugere-nos que são casos muito díspares.

Moisés não tinha uma visão paranóide. Como eu disse, as vozes que ele ouviu não o vigiavam. E quando Moisés buscava conselhos, Deus o auxiliava de bom grado. Deus não intimidava Moisés; quando ele diz aos judeus que o encontro com o "Todo-Poderoso" é uma experiência "aterrorizante", compreenderíamos melhor se dissesse, como um Wagner, que o ignorante se aterroriza ao se defrontar com a totalidade do saber.[3]

O ignorante não pode compreender os atos de um Deus, de um Moisés — ou de um Wagner. O que assusta é a idéia de que qualquer um, como um Moisés, pode ter acesso à totalidade do saber e ser capaz de atos que se situam além das capacidades e da compreensão dos seres humanos comuns. Não temos defesas

---

ramente blasfema é a pretensão das religiões ao saber e ao direito de ditar a moralidade. Afinal de contas, o que é a blasfêmia senão a arrogância alheia?". Creio que a visão de Freud sobre a religião, que emerge das páginas seguintes, é consideravelmente mais profunda que aquela encontrada em seus escritos precedentes, entre os quais se inclui sua obra mais conhecida sobre o tema, *O futuro de uma ilusão*.

3. Trata-se de uma antecipação interessante do modo como se expressam os cientistas cognitivos de hoje. Por exemplo, eu me lembro de que, na primeira vez em que a Máquina Marilyn guinchou uma imitação vaga do "Ooooooooh" de Marilyn Monroe, Dicke olhou-me e disse: "Criança aterrorizante, aterrorizante de verdade, não é?". Ao repensar agora, considero Dicke mais aterrorizador que nossa máquina. Mas talvez seja o que ele desejava que eu pensasse.

contra aqueles que sabem mais. Mesmo a força bruta fracassaria; mas, sendo ela o recurso dos ignorantes, justifica-se plenamente a violência dos oniscientes. Pensar que alguém detenha um conhecimento tão grande nos amedronta, por tornar os acontecimentos imprevisíveis. Moisés sabe como agir, porque sabe das conseqüências de toda ação possível.

Assim, se vozes estranhas amedrontam a personalidade paranóide, Moisés, ao contrário, recorre a vozes para amedrontar os outros. Quando postulei a existência do superego como um derivado da autoridade paterna e sugeri que seria a origem de nossa consciência e do sentimento de culpa, eu não descrevia uma consciência onisciente. Deixei de notar que, como no caso de Moisés, o superego pode tornar-se independente do ego de que emergiu; se isso ocorrer, o superego será descrito como assustador — "aterrorizante" — por aquele que o conhece (e que, surpreendentemente, não demonstra medo) porque sabe tudo.

Evidentemente, nenhum ser humano pode reivindicar um saber total, portanto tal conhecimento, se existe, deve originar-se em algum outro lugar. Assim, Moisés tinha de atribuir seu conhecimento à informação que Deus lhe transmitira. A fonte desse conhecimento é, portanto, uma alucinação, e cumpre distinguirmos o superego postulado pela teoria psicanalítica desse ego que tudo sabe, o qual denominei superego alucinado.[4]

É diferente das alucinações comuns por ter uma autoridade maior que qualquer alucinação que o indivíduo neurótico possa comumente encontrar. Não tem relação com o superego da teoria psicanalítica, que representa um vínculo especial do indivíduo com seus pais e as autoridades sociais ulteriores; o superego alu-

4. O *superego alucinado*, amoral, que inspira temor, lembra-me o *Gulliver* de Jonathan Swift e a *Alice* de Lewis Carroll. Vide Notas, pp. 146-7, para mais detalhes.

cinado representa uma relação especial entre o indivíduo e a totalidade do conhecimento.

Estamos agora melhor situados para compreender a natureza do conhecimento, da crença e da autoridade. Moisés tratava seus seguidores com desdém e violência porque eram incapazes de ter acesso direto ao conhecimento que ele adquirira. O impressionante em Moisés é que o saber a que afirma ter acesso não o espanta ou amedronta. Ele se dirige a seu superego alucinado como a um igual. Mas a necessidade de ter seguidores também é uma característica essencial de Moisés. Sem um grupo de pessoas que possam ser dominadas pelo conhecimento que um Moisés possui, esse conhecimento não tem interesse. Não podemos avançar além disso; pesquisas futuras terão de revelar as condições essenciais para a criação de um superego alucinado.

Na história da religião, novos messias foram obrigados a modificar a lei moral para fundamentar melhor suas reivindicações à originalidade. Cristo alterou o "Olho por olho, dente por dente" de Moisés por "Ofereça a outra face". E se o Deus de Moisés prometeu "Terra do leite e mel", Cristo, mil anos depois, disse: "Os pobres herdarão a terra". E, evidentemente, se Moisés disse que Deus "expeliria de meu livro" todos os que não o escutassem e depois "lançou uma praga sobre o povo", Cristo disse: "Ame os inimigos e ore por aqueles que o perseguem".

Não obstante, sabemos que pensadores modernos não podem mais recorrer a Deus como fonte de seu saber global. No passado, sempre se vislumbrou modéstia nos grandes homens porque nenhum deles pensaria, mesmo nos momentos de maior insensatez, que poderia realizar tudo sozinho. Todos precisaram de ajuda; todos tiveram de afirmar que Deus estivera lá para ajudá-los.

Mas, a despeito dos desastres da guerra, o avanço extraordi-

nário do conhecimento e as realizações maravilhosas deste século que passou, modificaram a natureza de nossa relação com o conhecimento e a natureza de nossa psique. Sabemos demais para aceitar afirmações grandiosas; de fato, sabemos tanto, que somos conscientes do quão pouco sabemos e de que uma miríade de novos problemas acompanhará qualquer explicação. Nosso saber impacienta-nos, porque agora precisamos saber tudo ou, não podendo tanto, desejamos ao menos afirmar que temos uma percepção do todo, que começamos a nos posicionar numa história que talvez esteja a nosso alcance e cujos traços essenciais dominaremos ainda em nossa época.

O surgimento da ciência moderna tornou impossível a utilização da evidência subjetiva. Conseqüentemente, o pensador moderno "que tudo sabe" cria uma obra "teórica" tão difícil que somente ele e seu grupo seleto de colaboradores (sob sua orientação) podem compreender. A "teoria" transforma-se num texto sagrado a ser revelado, interpretado nos séculos vindouros. Desde que tudo se explica pela teoria (é o conhecimento total reduzido à forma mais elementar), seu criador já prevê todas as descobertas futuras e, assim, não tem dificuldade em dizer, diante de uma descoberta inesperada: "Está na teoria". Aqueles que discordam são tratados com violência. A psicose, e não a neurose, é a chave para nossa consciência moral.[5]

5. Como já assinalei, a descrição que Freud faz de Wagner (e da megalomania em geral) recorda-me Dicke em quase todos os detalhes. Freqüentemente tenho a impressão de que a discussão de Freud se baseia num conhecimento íntimo de Norman Dicke — embora isso seja impossível. É curioso, porque nossas relações eram bem diferentes. Wagner e Freud, obviamente, foram companheiros em seus primeiros anos de pesquisa e, mesmo trilhando depois caminhos intelectuais separados, mantiveram uma ligação amistosa, apesar de distante, ao longo da vida. Eu, por outro lado, conheci Dicke apenas como colega. Quando o deixei, não houvera uma cisão intelectual importante entre nós, como entre Wagner e Freud. O que nos separava eram aquelas necessidades psicológicas de Dicke que constituem o tema do *Manuscrito* de Freud.

Não sou um moralista e não julgo, de modo algum, os homens ou as sociedades que tanto os estimam. Se a fraude é a base do sucesso, que seja. Certamente, nossas injunções morais são importantes, não porque devam ser seguidas, mas, ao contrário, por criarem intensos prazeres novos, ao proibir o que mais desejamos fazer. As regras, as listas de "nãos" (elaboradas freqüentemente por aqueles mesmos que tencionam desobedecer a elas), renovam a sensação de prazer.

No passado, argumentei que a renúncia ao prazer, imposta pelos avanços da civilização, tornar-se-ia, no limite, intoleravelmente neurótica — ponto de vista que devo agora rever. Sempre reconheci que o sofrimento extremo implica modificações na psicologia individual, deixei de ver que os sofrimentos do neurótico podem se transformar nos prazeres do psicótico e que, em reação às restrições e renúncias ao prazer demandadas pela civilização, surgiriam prazeres novos e mais perigosos; que a culpa (que argumentei ser o problema central da civilização, por nos impor renúncias ao prazer que podem se tornar intoleráveis) é capaz de proporcionar-nos novas fontes de prazer — entre elas, sem dúvida, o próprio prazer da transgressão, que leva o crente nos dez mandamentos ao adultério e até ao assassinato. E também não notei que, para os possíveis cientistas, escritores ou artistas, é bem mais emocionante receber aclamação por "teorias globais" situadas muito aquém de alguma conquista verdadeira.

E é por essa razão que a psicanálise, minha criação, está condenada. Eu sempre soube disso, mas não compreendia por quê. Pensei que eu, o descobridor da psicanálise, o primeiro homem a analisar-se — portanto o primeiro e único em condições de saber o que significava a descoberta da psicanálise —, seria o juiz definitivo do que a análise é ou deixa de ser. Pois há uma grande diferença entre descobrir e estudar o que já foi descoberto.

A compreensão de Einstein sobre a teoria da relatividade é muito diferente daquela dos que o sucederam. Ninguém poderá jamais saber o que foi para Einstein defrontar-se com idéias que à época pareciam estranhas, senão completamente absurdas e equivocadas. A capacidade para confrontar o que parece um erro indiscutível, para depois corrigi-lo, é responsável por todos os avanços científicos e intelectuais.

A descoberta da psicanálise foi mais difícil que a maioria das empreitadas científicas — talvez a mais difícil de todas.[6] *Afinal, Einstein não inventou a física, de modo que outros físicos podiam, em última instância, julgá-lo. E o fizeram. Com a análise foi bem diferente. Ninguém tentara se analisar antes que eu me debatesse com minha própria auto-análise. Ninguém tinha como*

6. No exemplar do *Manuscrito* pertencente a Bernadette Schilder, há uma discussão — depois riscada com tinta vermelha — sobre a diferença entre a teoria psicológica e outras teorias científicas:

"Toda teoria psicológica significativa teria de modificar a maneira de pensar das pessoas. Estas se culpam por suas relações com as outras, e a culpa modifica a natureza dessas relações. O que dizemos e pensamos a nosso respeito altera a compreensão que temos dos outros, portanto toda teoria sobre a psicologia humana visa a influenciar, tanto quanto a descrever, o comportamento. Qualquer um que suponha deter uma descrição 'científica' do comportamento não compreende a natureza irrepetível do comportamento humano, nem o objeto de estudo da psicologia humana.

"A teoria psicanalítica simplesmente não teria sido a mesma se fosse uma entre outras semelhantes e se tivesse sido apresentada como uma possibilidade hipotética. Ela modificou as noções que temos acerca de nós mesmos. Inveja do pênis como uma idéia abstrata em alguma revista acadêmica obscura não era o mesmo que inveja do pênis tratada com gracejos em trens, restaurantes e banheiros públicos. A natureza da besta é algo bem diferente.

"Uma 'teoria' psicológica torna-se uma teoria ao se transformar pelo uso cotidiano, ao se incluir na trama da vida diária. Que ela tenha de modificar o modo como nos compreendemos é a verdadeira essência de toda teoria sobre a psicologia humana; a psicologia humana não pode ser descrita com simplicidade."

saber o que significava descobrir idéias tão bizarras, senão repugnantes, como a angústia de castração e a inveja do pênis, enfrentá-las, ciente de que, se ousasse anunciá-las em público, seria ridicularizado por toda a vida. Einstein nunca passou por ridículo.

E uma vez que eu tivesse revelado a intimidade dos segredos obscuros que espreitam a mente de todos nós, seria impossível para mais alguém realizar as mesmas descobertas e conhecê-las e compreendê-las como o fiz. Mesmo que minhas idéias jamais obtivessem ampla aceitação, descobridores futuros das angústias de castração sabiam o que encontrariam. Foram alertados sobre os perigos que corriam. Na verdade, minha auto-análise foi um ato histórico único que, embora se pudesse estudar, só se poderia imitar, jamais repetir.

Foi por isso que treinar analistas adquiriu importância para mim. Pacientes precisavam de orientação, ou chegariam muito rapidamente às conclusões e fracassariam na compreensão do processo de autodescoberta. E, evidentemente, os analistas, homens e mulheres que eu treinara, eram como sombras de mim. Eles também não saberiam nunca a verdade sobre a análise. O próprio processo de auto-análise inviabiliza a idéia de verificação científica. Existem algumas coisas que simplesmente não podem ser repetidas, o que não as faz menos verdadeiras.

Tive de confrontar o ridículo toda a minha vida; pior, tive de confrontar a revolta de meus alunos, homens e mulheres que ensinei, treinei e a quem revelei segredos ocultos que jamais alcançariam por si próprios. Tive de revelar-lhes — sem me comprometer, é claro — alguns de meus segredos mais íntimos, caso contrário nem conquistaria sua confiança, para começar.

De fato, evidenciou-se que lealdade não era uma qualidade que eu pudesse esperar, em qualquer tempo, de meus seguidores. Eu sabia que um dia cada um e todos se voltariam contra mim. Não importando o segredo que descobrissem, com minha ajuda ou, mais tarde, por conta própria, eles sempre teriam o ressentimento de que a descoberta verdadeira fora feita por mim, jamais a poderiam repetir. Nunca experimentariam a excitação — nem a dor — da descoberta original. Não que eu relutasse em me comprometer — tinha de comprometer-me, sim, revelando segredos que certamente me exporiam ao ridículo —, mas nunca poderia revelar-lhes como foi fazer tais descobertas.

A autodescoberta é um de nossos maiores desejos. Tive de destruir todas as minhas cartas — com certeza seriam mal interpretadas no futuro. Por mais que se esforcem, futuros boateiros, difamadores, "estudiosos" de mentira jamais me conhecerão; e nunca saberão como fiz minhas descobertas.

Como os escritores da Bíblia havia muito sabiam, a única biografia digna desse nome é a hagiografia. A boa biografia delineia os eventos e permite que o leitor pondere sobre o que seja a grandeza. Mas aqueles que destruiriam nossa reputação por uma carta encontrada aqui, ou um recado extraviado ali, largado com uma admiradora do passado, deixam o leitor totalmente desinformado. É evidente que são capazes de criar um escândalo, fazer nome à custa de nossa reputação e salvar as futuras gerações da ciência "fraudulenta" com que criamos o mundo deles. Seus navios flutuarão por pouco tempo. Ainda estaremos à tona muito depois que eles tentarem, por manipulação, destruir o passado.

Porém, depois de mim, tristemente, nenhuma tentativa de autodescoberta ou autoconhecimento poderá ser completa. Por mais que eu me esforçasse por relatar os detalhes de minha descoberta, sempre faltaria alguma coisa. Na verdade, o próprio processo da descoberta me impossibilita de lembrar, de dizer tudo o que me aconteceu. E a grande fragilidade da análise, conduzida depois de mim por aqueles que eu treinara, era que os meus alu-

nos, como os deles, saberiam que alguma coisa faltava: alguma coisa que eu sabia — e eles jamais saberiam — não estava ali para que a descobrissem. Pois sabiam para onde caminhavam: a angústia de castração e a inveja do pênis tudo explicariam ao final das análises.

Eu roubara ao futuro o prazer da autodescoberta, o que era diferente de qualquer furto da história. Einstein pode ter roubado aos futuros físicos o prazer da descoberta da relatividade, mas para eles sempre haverá mais a aprender. Da mesma forma que há sempre mais para aprendermos sobre a análise, como não me cansei de enfatizar. Mas nós todos ansiamos pela auto-análise, nós todos ansiamos por nos conhecer como nenhum outro pode fazê-lo — pois é uma lei fundamental da psicologia sermos seres auto-reflexivos, autoconscientes, e a forma mais elementar de autoconsciência é pensarmos acerca de nós mesmos.

Isso já não seria possível se todas as descobertas da psicanálise tivessem sido verdadeiras. Elas estavam condenadas desde o princípio por isto: traziam em si mesmas a própria destruição, a garantia da revolta de seus seguidores e a resistência daqueles que se recusaram a reconhecer as realizações da análise, pois haveria sempre alguma coisa, na própria concepção da auto-análise, que não poderia mais ser apreendida. Todos a faziam e a fazem por minha causa. Analisam-se seguindo o que expliquei sobre o comportamento; procuram pelas raízes de suas neuroses, buscando esclarecer algum lapso estranho, porque eu dissera que essas coisas poderiam ser explicadas e que a partir dessas explicações se conquistaria uma liberdade psicológica maior. Mas a auto-análise só seria genuína para quem a fizesse por si próprio, o que já não é mais possível, uma vez que a idéia se tornou moeda corrente, e o empreendimento todo, a ciência toda, estão condenados. Esse era o paradoxo da jovem ciência da análise!

Mas, se a psicanálise estava condenada porque não poderia

propiciar ao paciente a percepção definitiva sobre si mesmo que ele buscava, estava condenada também porque o processo de análise leva muito tempo. Wagner pensava ter em suas "curas" rápidas uma resposta para análises prolongadas. Na verdade, proporcionou-nos uma percepção profunda da natureza da "cura". Se era possível atemorizar pacientes doentes e levá-los a fazer de conta que tudo estava bem, importava realmente que a "cura" tivesse curta duração? A própria vida é curta. Não admira que o Comitê do Nobel se impressionasse com sua terapêutica da malária.

Mas o que Wagner nos ensinou realmente foi que era ele o psicanalista definitivo. Sua indiferença fria, verniz superficial de preocupação, era uma qualidade que eu sempre insistira com meus alunos para que adquirissem. Infligir dor a serviço da cura. Como também fizeram Moisés e todos os megalomaníacos que habitaram a Terra depois dele. A análise estava condenada porque somente um megalomaníaco poderia conduzi-la com eficácia; porém um megalomaníaco auxiliaria o paciente não na busca do autoconhecimento, e sim da submissão.

E assim finalmente entendi que o problema da civilização não era o sentimento de culpa, o remorso por algum crime primal, o assassinato do "pai", mas a mentalidade do "pai", cujas regras e explicações arbitrárias, cuja brutalidade, em nome dessas regras, tinham raízes psicológicas em nada similares ao que eu discutira durante um quarto de século de estudo e análise cuidadosos dos pacientes e de mim mesmo. Ao tentar criar uma ciência da mente, descobri a extraordinária complexidade das questões que devemos nos formular — e procurar responder — para criar tal ciência. Evidentemente, é auspicioso não termos descoberto todas as respostas — na verdade, estamos longe de compreender mesmo as fontes de nossos pensamentos e ações —, de modo que não somente oferecemos rédea solta para as gerações futuras, como terreno fértil para o desprezo a nossa pretensão de ter esclarecido tantas coisas.

"A torre de Babel"
(*Ensaio inacabado encontrado sobre a mesa de Freud na época de sua morte*)

[Pouco depois de Bernadette Schilder e eu lhes termos enviado o *Megalomania*, os Arquivos Freud liberaram este ensaio para ser publicado com o *Manuscrito*. Solicitaram que fosse acompanhado da seguinte observação:

"A missão dos Arquivos Freud tem sido proteger a reputação da família de Freud, de seus amigos, conhecidos e pacientes, bem como de seus descendentes imediatos, e tal missão muitas vezes teria sido comprometida se os Arquivos comentassem as numerosas discussões acadêmicas que, desde a morte de Sigmund Freud, levantaram questões sobre suas motivações e sua vida privada. Se, como acreditamos, a herança de Freud é a de uma ciência e uma filosofia, intentamos sempre fornecer todo material relevante para as discussões no âmbito da comunidade científica e intelectual, e assim os Arquivos divulgaram, de tempos em tempos, cartas e outros documentos que pudessem ser úteis.

"Reconhecemos que as anotações finais de Freud, escritas dias antes de sua morte, sempre intrigaram a Comissão. Em diversas ocasiões, vimo-nos tentados a publicar esse documento para o público leigo e acadêmico; mas, como seu valor teórico era obscuro, pensamos, talvez erroneamente, que fosse melhor conservá-lo lacrado até a data proposta pelo próprio Freud para a liberação de suas cartas e trabalhos inéditos — 2039. Como esse documento menciona diversas pessoas cujos descendentes ainda vivem e como seu propósito não era claro, mantivemos a decisão até o momento.

"A descoberta recente do manuscrito de *Megalomania*, de cuja autenticidade a comissão não duvida — embora as razões de nossa convicção devam permanecer, por ora, em segredo, pois a publicação dos documentos relevantes dos Arquivos comprometeria membros da família —, projetou uma luz inteiramente nova sobre esse ensaio que os Arquivos liberam hoje. Parece agora evidente que o documento em questão foi escrito como um apêndice ao *Manuscrito* e projeta uma luz nova não apenas sobre esse trabalho, mas sobre toda a obra de Freud. Na verdade, acreditamos que ele nos diz muito sobre um episódio famoso, ainda que secundário, da história moderna e, como Freud evidenciou em seus trabalhos conhecidos, demonstra uma antevisão do desenvolvimento da ciência moderna que não podemos ignorar. Portanto, a comissão decidiu, por unanimidade, liberar o documento a que Freud dera o título provisório de 'A torre de Babel'."

O ensaio foi traduzido por Bernadette Schilder.

- A. J. S.]

5 de setembro de 1939

Minha filha Anna mostrava-se embaraçada hoje cedo ao me contar que, ao longo da semana passada, um desconhecido me procurara diversas vezes e que, dadas as minhas condições, ela lhe dissera que eu não vinha recebendo nem amigos próximos. Mas, esta manhã, quando ele voltou com um documento que discutirei a seguir, Anna lhe pediu que retornasse à tarde e acrescentou que, se eu consentisse, ela lhe permitiria ver-me por meia hora. Ao partir, deixou o documento, e ao vê-lo não hesitei em aceitar o encontro. Minha filha sempre teve uma sensibilidade especial para o que me proporcionaria prazer, e reunirei todas as forças que puder para registrar — ainda que apenas num esboço — a visita desse homem tão incomum.

Anna não me contara nada sobre ele. Apenas me entregara o documento a que me referi. Assim, fiquei surpreso quando um homem de minha idade, fluente em alemão, apareceu em meu estúdio no meio da tarde. Apresentou-se como Maurice Koechlin e desculpou-se pela discreta hesitação de sua fala, explicando que pouco utilizara a língua alemã desde o tempo de estudante em Zurique, no final do século passado. Contou-me que nascera na Alsácia no mesmo ano em que eu na Morávia; fugira da cidade natal em 1871, quando da invasão alemã, e adotara a cidadania suíça durante sua estada em Zurique.

Era uma mistura curiosa de humildade e autoconfiança — sendo a humildade sugerida, talvez, por seu leve desconforto lingüístico. Estudara no Polytechnicum, onde fora o melhor aluno; depois, já em Paris, trabalhara na Compagnie des Chemins de Fer de l'Est e, a seguir, na Société des Établissements Eiffel. Fora responsável pela execução de todos os cálculos fundamentais de algumas estruturas arquitetônicas importantes na Europa e nos Estados Unidos.

A despeito de minha familiaridade com alguns dos projetos que mencionou, tive de reconhecer que nunca ouvira seu nome. No momento em que eu lhe disse isso, Koechlin sorriu timidamente e desculpou-se por, eventualmente, estar me cansando. Mas eu não estava nem um pouco impaciente com aquela história e pedi-lhe que continuasse, pois desejava compreender como viera à luz o documento que Anna me mostrara no dia anterior e que agora estava sobre minha mesa.

Uma vez mais ele se desculpou — desnecessariamente — e disse-me que, no último quarto de século, muito se falara nos círculos de arquitetura e de engenharia sobre as dificuldades que os americanos encontraram na construção do obelisco monumental de Washington. Mal haviam atingido uma altura de cerca de sessenta metros quando descobriram que ele começava a se inclinar; só anos depois retomaram a obra e finalizaram um edifício um tanto mais baixo.

Em 1876, para o aniversário da revolução, dois norte-americanos, Clark e Reeves, elaboraram uma proposta em que afirmaram pretender "imitar os primeiros descendentes de Noé", cujo desejo fora imortalizar-se por meio de uma enorme torre de tijolos e argamassa; pensaram que conviria à mais jovem das nações celebrar o centenário com sua própria torre de Babel, como a chamavam: uma coluna de ferro de mil pés que destacaria, pelo contraste com as ambições arquitetônicas mais antigas do mundo, as transformações impressionantes da ciência e das artes ao longo do tempo. Mas o projeto nunca se materializou.

O extraordinário no projeto americano, segundo Koechlin, era que ele evitava as armadilhas do obelisco de Washington e, de fato, poderia ter se concretizado numa torre com altura muito maior que mil pés. O projeto foi noticiado na França pela revista La Nature *e amplamente discutido por profissionais de arquitetura e engenharia.*

Em maio de 1884, muitos arquitetos se excitaram com a aproximação da Exposição Universal de Paris, que celebraria o centenário da Revolução Francesa. Koechlin e um colega de escritório, Émile Nouguier, perguntaram-se o que poderia conferir um encanto especial à exibição e — sem dúvida inspirados pelos americanos — tiveram a idéia de construir uma enorme torre de ferro. Na noite de 6 de junho, Koechlin fez alguns cálculos preliminares e elaborou o documento que estava sobre a minha mesa, um desenho que tinha semelhança inconfundível com uma das realizações arquitetônicas mais famosas dos últimos tempos, a torre Eiffel.

Koechlin segurou o desenho entre as mãos por alguns minutos e depois, recolocando-o sobre a mesa a minha frente, disse que ele e o colega sentiram um misto de alívio e profundo desapontamento quando mostraram o projeto ao diretor da empresa, Gustave Eiffel. Perguntei-lhe o que queria dizer com isso, e ele respondeu que só recentemente recordara como havia ficado excitado quando Eiffel lhes afirmou que, embora não estivesse interessado no projeto deles, não via motivo para que não levassem a idéia adiante.

Ele trabalhava para Eiffel havia cinco anos e, como já dissera, fora responsável por todos os cálculos importantes das pontes que deram fama considerável a Eiffel no mundo da engenharia e da arquitetura; evidentemente — acrescentou quase como uma reflexão posterior — fora ele quem calculara e desenhara o interior da Estátua da Liberdade de Bartholdi, que o público pensava ser obra de Gustave Eiffel. Sentira-se feliz com a rejeição categórica de Eiffel ao projeto da torre, pois acreditava que seria sua primeira oportunidade de construir um monumento importante em seu próprio nome.

Ele e Nouguier persistiram, buscando a ajuda do principal arquiteto da empresa, Stephen Sauvestre, que refez o desenho ori-

ginal de Koechlin. Sauvestre adicionou as "decorações" que tornaram o projeto mais grandioso e estético: incluiu o rendilhado que unia os quatro pés da torre e um grande espaço envidraçado no primeiro piso. Foi esse o desenho que mostraram a Bartholdi, que a seguir expôs as plantas. Ao apresentarem a Eiffel a nova versão da torre, ele achou a idéia tão interessante que, em 18 de setembro de 1884, patenteou a obra em seu nome e nos de Nouguier e Koechlin.

O entusiasmo de Koechlin não tinha limites. Mal haviam recebido a patente, quando Eiffel convidou Koechlin, Nouguier e Sauvestre para jantar e, sugerindo que poderia explorar melhor a idéia deles por conta própria, propôs comprar os direitos exclusivos à patente, tanto na França como no resto do mundo. Pagaria, a cada um deles, um por cento de toda a renda auferida pela construção. E prometeu — acrescentou Koechlin, hesitante — dar-lhes, naturalmente, pleno crédito caso a torre fosse erigida.

Nesse ponto do relato, Koechlin fez uma pausa e me olhou. Uma vez mais, sugeriu que talvez estivesse me fatigando e devesse partir. Para tranqüilizá-lo, respondi que, embora tivéssemos a mesma idade mas minha saúde estivesse mais frágil, a história que me trazia era um exemplo perfeito para um tema que me preocupava nos últimos tempos. Pareceu confuso com essa observação, então o encorajei a prosseguir.

Talvez imaginando que eu tivesse isto em mente, comentou que, em comparação com o que Eiffel ganhou com a exploração da patente, os colegas e ele receberam uma "esmola". Mas eu não estivera pensando nisso: queria saber como a torre fora construída.

Minha pergunta embaraçou-o. Certamente, já lhe haviam perguntado a mesma coisa em muitas ocasiões, e ele próprio considerara suas explicações insuficientes. Sem dúvida, ao acrescentar os detalhes que estava prestes a me contar, outros lhe haviam dito: "Bem, e daí?", e Koechlin agora estava convencido de que não poderia justificar para mim os implícitos de seu discurso. Mas ele se enganava quanto a meu interesse e minhas hipóteses.

Aquele homem era um exemplo típico de muitos pacientes que tive durante minha carreira. Era um homem extenuado por dúvidas, embora tivesse o sentimento de não ter recebido o que lhe cabia. Procurara-me não porque esperava ouvir de mim que a vida fora injusta com ele, e sim porque, como eu vira com tanta freqüência em meus pacientes neuróticos, tinha aquelas dúvidas, porque era incapaz de resolver um conflito que lhe parecia perfeitamente claro quando o debatia consigo mesmo ou com amigos e colegas. A despeito de toda convicção que emprestava a sua própria análise, ele continuava paralisado por alguma coisa que não entendia.

Koechlin não sabia que a compreensão da natureza daquele mesmo conflito passava agora por uma profunda transformação em minha mente. Eu tinha sorte por ele não ser versado em literatura psicanalítica. Se eu fosse supersticioso, diria que o destino o enviara; mas eu sabia que sua visita era apenas um acaso auspicioso que, se eu contasse com mais tempo e força, investigaria mais profundidamente.

Meus alunos e colegas ficariam muito surpresos em saber que um homem, meu contemporâneo em todos os sentidos, intrigava-me por razões insuspeitadas ou incompreensíveis para qualquer deles. Eu estava satisfeito por evitar a obviedade, por Koechlin ignorar minha obra, e incomodei-me quando Anna espiou pela porta, dando a entender que Koechlin poderia estar me fatigando. Tranqüilizei-a, afirmando que me sentia bem — na verdade, até esquecera meu estado —, e, enquanto ela se retirava em silêncio, pedi a Koechlin que prosseguisse com sua narrativa. Sentia-me estranhamente comovido por ele; não me recordava de sentir isso por um paciente desde muito tempo. Ele parecia saber de seu próprio valor, parecia saber que fora capaz de grandes rea-

lizações e que de fato as concretizara, embora fosse importunado por dúvidas profundas quanto a seus méritos. Não falava de Eiffel nem com grande admiração, nem com algum sinal de amargura. Porém, Eiffel ocupava um lugar considerável em sua vida mental.

Quando repeti minha pergunta sobre o modo como a torre fora construída, Koechlin, algo intrigado, respondeu que Eiffel escrevera uma Biographie *em três volumes na terceira pessoa. "'Esta torre é a obra magna do Senhor Eiffel'", recitou de cor, "'e é um símbolo de força e da superação de dificuldades'". Em sua biografia, Eiffel datava a concepção da torre de 1886, quando sabemos que, na realidade, o desenho original fora elaborado em 1884. Uma vez mais, Koechlin pegou o desenho em minha mesa e, com um olhar terrivelmente confuso, disse-me que estivera exposto na Feira Mundial recente em Paris, mas não arrancara nenhum comentário da imprensa ou, até onde sabia, do público. Encantou-me sua crença em que a evidência documental pudesse ter modificado o que era, claramente, parte da mitologia contemporânea. Expliquei-lhe que crenças amplamente aceitas pelas sociedades são conseqüência de nossa ignorância do rumo dessas mesmas sociedades, de nossa incapacidade de prever o que acontecerá a cada dia e de nossas tentativas de encobrimento, persuasão e auto-ilusão, com a finalidade de propiciar algum sentido a nossa vida. Pois, ao final, uma compreensão acerca de nós mesmos requer uma compreensão do amanhã, e nossa estabilidade mental depende de crermos no acerto de nossos julgamentos. Se acertarmos em nossas conjecturas, ficaremos convencidos de que efetivamente nos conhecemos, de que controlamos nosso destino, embora um pouco de reflexão nos mostre que isso é impossível. É o destino cotidiano que buscamos controlar, para assim estabelecer um equilíbrio psicológico sem o qual nossa vida diária desmoronaria. Questionar a autoria da torre Eiffel — um objeto sem utilidade nem importância, mas que é um objeto e também um nome, incluído nas verdades estabelecidas, cuja própria simplicidade e irrelevância evidenciam aspectos centrais de nossa predisposição para aceitar outras "verdades" muito mais importantes acerca de nós e de nossas relações com os outros — é destruir a confiança que temos em nossa compreensão da trama social, da qual depende nosso equilíbrio psicológico, sempre tão frágil. Não é de admirar que o público tenha visto e ignorado o desenho original da torre feito por Koechlin.*[1]

1. O *Diário* de Koechlin justifica plenamente a visão de Freud. Koechlin registrou, num diário, suas visitas a Freud. Como se pode ver na anotação que segue, cuja publicação a família gentilmente autorizou, os comentários de Koechlin confirmam as suspeitas de Freud. Na verdade, como o estudioso de Freud Kurt Fischer amavelmente me comunicou, Freud encontrara ambivalência semelhante entre seus próprios seguidores, ao fazer revisões importantes de sua teoria ou ao incorporar, às suas obras, teorias alheias, sem lhes dar nenhum crédito. No *Manuscrito*, Freud não perdoa tal comportamento; outrossim, sem fazer um julgamento moral — tais julgamentos seriam irrelevantes e enganosos —, argumenta que esse tipo de comportamento é fundamental à estabilidade social. Convém ignorar a evidência documental que destrói "verdades" há muito aceitas. As sociedades desenvolvem uma espécie de cegueira a tudo que possa perturbar a ordem social. E, certamente, é essa a causa dos comentários de Freud, mais adiante neste ensaio, sobre a indignação moral dos Eiffels e dos Wagners ao serem acusados de crime. O valor de um indivíduo, sua estabilidade psicológica dependem não das "verdades" relativas a seu passado, mas da aceitação social de tais verdades. Freud parece sugerir que, se a sociedade "atribuísse" as obras de um Freud ou de um Einstein a algum cidadão comum e o tratasse com todas as honras devidas ao Freud ou ao Einstein históricos, aquele cidadão não teria dificuldade psicológica em aceitar o papel para o qual fora designado — na verdade, ele se ajustaria tanto a esse papel, que todo desafio a sua autoridade seria tratado com desdém.

Era esse fenômeno, central à temática do *Manuscrito*, que Koechlin era incapaz de apreender. Era o que estava, certamente, no âmago da cegueira do público diante do desenho original da torre, na Exposição Universal de Paris em 1937. Efetivamente, a história de Koechlin foi apresentada ao público, uma vez mais, na época do centenário da torre Eiffel (1989), em numerosas publicações que, é de se supor, foram lidas por muitos. Mesmo os autores des-

Não insisti naquilo. Anna uma vez mais bateu à porta e recomendou que encerrássemos a entrevista, mas, ao ver meu desapontamento, sugeriu que talvez o sr. Koechlin pudesse voltar no dia seguinte.

Koechlin retornou à hora marcada. Estava estranhamente agitado e afirmou que tinha muitas coisas a me dizer, pois passara a noite pensando em nossa conversa da véspera. Era bem verdade, disse, que Eiffel, depois de comprar os direitos à torre, iniciara uma enorme campanha publicitária e publicara numerosos panfletos que descreviam a torre "dele". Obteve o apoio dos membros mais importantes da comissão organizadora da Exposição Universal; quando se anunciou um concurso internacional, arquitetos receberam apenas duas semanas para apresentar proje-

---

ses livros reproduziam a história que Koechlin contou a Freud, mas nem por isso algum deles intitulou seu livro *A torre de Koechlin* ou sentiu-se compelido a enaltecer os colaboradores tanto quanto enalteceu Eiffel. Não surpreende que toda a força das palavras desses autores se perdesse para o público leitor, pois eles foram incapazes de aceitar o verdadeiro significado de seus próprios argumentos. (Vide, por exemplo, Bernard Lemoine, *La Tour de Monsieur Eiffel*, Paris, La Découverte [Gallimard], 1989: "[...] *son génie* [de Eiffel] *n'est pas d'avoir inventé la Tour, c'est de l'avoir realisée et de lui avoir donné son nom*" [p. 29]. A genialidade de Eiffel não foi ter inventado a torre, mas tê-la concretizado e ter-lhe dado seu nome.) Nada disso surpreenderia o autor do *Manuscrito*.

Segue-se a anotação de Koechlin em seu *Diário*:

"A publicação tão tardia do desenho da torre foi, certamente, um erro, mas não consigo convencer as pessoas de que, na época, ela não teria propósito. Pensei que Freud, que goza de uma reputação tão grande quanto a de Gustave Eiffel, pudesse me dizer o que havia de errado em minha tentativa de apresentar ao público uma evidência *documental* sobre a torre. Ao contrário do que Freud pareceu acreditar, eu não pretendia subtrair nenhum crédito de Eiffel. Queria apenas assinalar, como registro, que nós — Nouguier, Sauvestre e eu — tivemos parte, e muita, no projeto e que, sem nossa participação, ele provavelmente jamais existiria. Freud insistiu em apontar meu erro, e não consegui convencê-lo de que, afinal, eu presenciara todos os eventos que lhe narrava e, portanto, conhecia os fatos. Afirmou que eu me enga-

tos para uma torre que, segundo a comissão, seria uma das principais atrações do evento. A despeito de resistência considerável, o projeto de Eiffel foi vencedor.

Evidentemente, disse Koechlin com uma confiança que parecia ter adquirido com suas reflexões da noite anterior, as Empresas Eiffel tinham uma experiência respeitável, haviam construído algumas das pontes mais ousadas da Europa, e — acrescentou orgulhoso, repetindo o que já me dissera — ele fora responsável pelos cálculos e pela supervisão local de todas aquelas construções. E a torre, assim como as pontes, fora totalmente pré-fabricada; cada viga tinha sido medida com precisão e cortada na fábrica, e todos os rebites, perfurados, antes de serem enviados ao canteiro da obra.

---

nava sobre minha própria importância e acrescentou que nada poderia fazer no que dizia respeito ao 'auto-engano'. Disse que imaginava minha extrema satisfação quando Eiffel foi julgado e condenado pelo caso Panamá [vide pp. 127-8]. Mas isso não foi verdade. A humilhação pública que Gustave sofreu naqueles anos me perturbou muito; e sentia-me pessoalmente humilhado também, embora nada tivesse a ver com os negócios dele no Panamá. Na verdade, foi depois do caso Panamá que perdi todo desejo de restabelecer a verdade sobre a torre. Eu nunca desejara desqualificar Eiffel, e tenho certeza de que a imprensa teria dramatizado o que seria mera questão de registro. É provável que a torre tenha sido a única alegria de Eiffel nos anos que se seguiram ao 'caso', e imagino que ele tenha sofrido tanto, que me alegrava a possibilidade de que se comprazesse ao menos com a lembrança dos anos que passáramos em sua construção, sem ter de se defrontar com mais humilhações, caso eu apresentasse o desenho original à imprensa. Eu esperava que Freud explicasse por que, quando já não havia nenhum perigo de ampliar os problemas de Eiffel e exibi o desenho original, este passou inteiramente despercebido. Não entendi o que Freud quis dizer ao afirmar que eu esperava muito, pois o que estava em jogo era mais do que a torre. Ao questionar a autoria da torre (que não era o que eu fazia de fato), eu desafiava crenças profundamente enraizadas na sociedade. Honestamente, não o compreendi e decidi que não havia mais razão para incomodar um homem cujo estado de saúde era tão frágil. Psicologia não é lá mesmo uma ciência!".

Não obstante, Koechlin acrescentou uma linha ondulada longa, um ponto de exclamação e, com uma letra meio trêmula: "Talvez eu tenha sido logrado!".

Se houvesse algum erro nos furos, de um centímetro que fosse, as vigas não se ajustariam, e a montagem da torre levaria muitos anos. Koechlin executara, pessoalmente, mais de 1700 dos desenhos genéricos e supervisionara em seu escritório os 3629 desenhos detalhados que Émile Nouguier utilizara para o corte das vigas.

"E Eiffel?", perguntei. "O que Eiffel teve a ver com a construção?"

Koechlin olhou-me intrigado e respondeu: "Bem, era a torre dele. Ele a tornara possível, obtivera todo o financiamento. Era dele".

A segurança com que disse isso me fez imaginar que, quase meio século atrás, na excitação da construção e da enorme publicidade que a torre atraíra, ele decerto teria dito exatamente o mesmo.

Surpreendeu-se quando lhe perguntei se acreditava que se tratasse mesmo da torre de Eiffel. Com certeza, essa dúvida era a razão por que ele viera me procurar; mas naquele instante hesitou e, tropeçando nas palavras, respondeu que bem, sim, era a torre de Eiffel, ele nunca dissera outra coisa. Sempre trabalhara para Eiffel e nunca pensara que Eiffel não fosse o responsável pelo sucesso de todos os projetos em que se envolvera. Devia tudo a Eiffel, nunca o negara.

Então por que me procurara? Por que me trouxera o desenho? Essas perguntas o intrigaram. Por um momento, ficou ali sentado, paralisado. Eu vira tudo aquilo antes, o dilema interior, que sempre creditara à culpa originada de conflitos infantis. Mas não foi culpa o que fez milhares de visitantes da recente Feira Mundial em Paris ignorarem ou verem com curiosidade indiferente o desenho original de Koechlin para a torre. É provável que ninguém tenha notado a incongruência, a história falsa do monumento que se tornara um símbolo do país.[2] *O desafio à autori-*

2. Freud provavelmente desconhecia outro aspecto da "história falsa" da torre Eiffel. Sophie Germain (1776-1831) era uma matemática brilhante, cujo trabalho sobre a teoria da elasticidade foi crucial para a construção da torre. Não há referência a ela na lista, inscrita na torre, de setenta e dois nomes de indi-

dade certamente não é moral, e nossa submissão depende de uma psicologia que deriva não de uma ambivalência, de um sentimento de culpa, como eu argumentara antes, mas de uma necessidade de estabilidade psicológica, da necessidade de um contorno em cujo interior possamos organizar nossas atividades diárias.

Se não desafiamos a autoridade, é porque nada temos para substituí-la; não temos esperança de assumi-la; pior: se perdermos aqueles que nos moldam, nós nos veremos ao largo, incapazes de organizar nossa própria vida, que foi estruturada pelas instituições sociais. Este era o problema de Koechlin: ele devia tudo a Eiffel, e reivindicar um crédito maior — o que sem dúvida deveria ter feito — destruiria a própria trama das relações sociais que lhe proporcionaram todo o sucesso que obtivera. Sabia que precisava de Eiffel; e sabia também que, enquanto fosse dependente dele, não poderia satisfazer suas próprias necessidades e desejos.

A moralidade é, evidentemente, irrelevante para nossas estruturas sociais e para nossa estabilidade mental. É nossa paralisia, *e não nossa culpa, que caracteriza nossa relação com a autoridade; e essa mesma paralisia é o único desafio moral e psicológico que podemos oferecer àqueles que roubaram o que, por direito, consideramos nosso. De fato, se nos é dada a oportunidade, como Koechlin me diria que tivera, nossas próprias restrições "morais" nos paralisam. Não podemos reivindicar o que por direito é nosso porque, para que as reivindicações sejam convincentes, precisamos fazer a outros o que alguém nos fez um dia; não é nosso medo de cometer injustiça que nos paralisa, mas nosso medo de que, ao agir, podemos fracassar. O que denominamos moralidade é, em última instância, medo; medo de fracassar naquilo em*

víduos cujo trabalho contribuiu para a construção. (Vide E. T. Bell, *Men of mathematics*, Nova York, Simon & Schuster [Firestone Books], 1965, pp. 261-3; e Simon Singh, *Fermat's Last Theorem*, Londres, The Fourth Estate, 1997, p. 119.)

que outros nos proporcionaram ao menos um pouco de paz psicológica; moralidade é um medo que nos condena a uma ambivalência psicológica sem saída.

Na verdade, embora fosse incapaz de dizê-lo com essas palavras, Koechlin tivera sua oportunidade. Quando o interpelei sobre sua atitude quanto ao roubo de sua obra por Eiffel, não me deu uma resposta direta. Pareceu, subitamente, muito confiante e disse que não havia necessidade de se fazer nada. A torre ainda estava em construção quando Eiffel começou a negociar outro contrato espetacular, para a abertura do canal do Panamá, em termos que se revelariam muito lucrativos.

No início da década de 1890, quando a torre ainda era uma das atrações mais populares do mundo, a empresa responsável pelo financiamento do canal faliu e evidenciaram-se manipulações fraudulentas da parte dos principais investidores, os Lesseps. Com o escândalo, muitos acionistas menores perderam suas economias, e os Lesseps e Eiffel foram condenados à prisão.

Koechlin contou a história com um orgulho considerável. Após recurso, a sentença de Eiffel foi anulada; ele não havia participado das operações comerciais da empresa, era apenas um contratado, empregado pelos financiadores. Pôde guardar os milhões de francos que amealhara como lucro, mas sua imagem ficou comprometida.

Koechlin deve ter interpretado esses eventos como uma vingança pessoal. Porém, seu próprio fracasso se tornou evidente quando Eiffel o designou como responsável pela empresa de construção; embora ela prosseguisse, sob sua direção, como um empreendimento econômico bem-sucedido, nunca mais esteve no centro das atenções. Na verdade, Koechlin jamais foi capaz de aproveitar sua posição para reivindicar o reconhecimento que o levou a me procurar quarenta anos depois daqueles acontecimentos.

Mas Koechlin também era um emissário de meu passado,

de um tempo em que eu lhe teria oferecido, com muita segurança, um caminho de autodescoberta que resolveria os conflitos que eram parte tão importante da história dele. Agora eu havia perdido a fé em minhas próprias convicções, e Koechlin, ao partir naquela tarde, devia estar desapontado comigo. Nunca mais o vi.

Há nessa história algo mais que eu desejaria apreender integralmente. Ainda não compreendo os Eiffels do mundo, homens que sem o menor traço de arrependimento aceitam os louvores de amigos, colegas e do público por obras que devem saber não serem suas. O vazio do sucesso deles sugere que minhas investigações sobre meu próprio passado e o de meus pacientes constituíam um caminho falso que não conduzia a lugar algum.

O que fazemos e o que fizemos não parece ter importância. É tudo uma aventura em busca de glória a qualquer preço. Nosso valor não deriva daquilo que somos nem de nossa vida e obra, mas do que a sociedade nos atribui. O que nos preocupa, não somos nós mesmos; o que desejamos e buscamos, aquilo de que precisamos, é a admiração dos outros, e a admiração, ainda que por qualidades falsas, é um fim em si. Por sermos animais sociais, nossa sociedade, nossa família, nossos amigos só têm significado para nós pelos valores que nos atribuem.[3]

3. Neste ponto, embora não discuta diretamente a questão do dinheiro, Freud sugere que sua invenção se pautou por necessidades psicológicas profundas que ultrapassam as afirmativas habituais que o vinculam ao poder. Talvez o mais importante seja que o dinheiro possibilita ao indivíduo reivindicar crédito, ter prestígio, sem que ninguém pergunte *por que* ou *como* adquiriu tal condição. É possível que Freud evite discutir o tema porque argumentara em seus trabalhos precedentes que o dinheiro seria "lixo", "sujeira", "excremento" etc., idéias que já implicavam que a alma do dinheiro seria a irrelevância do passado (como foi ganho).

Os conflitos que um dia eu acreditara serem constitutivos de nossa psique são uma internalização do impulso externo por reconhecimento. Nossa disposição para aceitar a aprovação e a admiração alheia a qualquer preço é um reflexo da complexidade das sociedades modernas, da compulsão por fazer com que nosso lugar nessas sociedades seja notado. De fato, uma vez obtida a aprovação social, não podemos aceitar nenhum desafio ao que acreditamos ser nossa ***autoridade moral; na mente dos Eiffels, dos Wagners e dos Kozlowskis, não há diferença entre autoridade e autoridade "moral", e a impossibilidade de distingui-las é um traço inerente a nossa psicologia.*** *Uma sociedade que teve um Gustave Eiffel em tão alta estima não pode recuar e acusá-lo de injustiça, porque nada que seja feito por um homem de autoridade pode estar errado; por isso Eiffel se ofende diante das acusações no caso Panamá, e Wagner diante das acusações contra ele após a Grande Guerra. Os que não detêm autoridade, os fracos, lançam desafios "morais" contra os que a possuem, não por superioridade moral, mas pela necessidade social de serem notados. O que denominamos moralidade é a tentativa da psique individual de afirmar seu valor, de conferir ao indivíduo um sentimento de importância. E não há diferença entre alcançarmos o desejado reconhecimento por meio de fraude, astúcia, assassinato e violência ou graças a aptidões verdadeiramente superiores. Necessitamos é de reconhecimento; como o alcançamos não importa para nossa psique. Não é a nosso passado que precisamos prestar contas, mas ao sucesso em lograr os outros, de modo que reescrevam esse passado para nossa glória.* ***Não somos obcecados por lembranças, mas pela invenção de lembranças que nos sirvam em nosso próprio benefício.***

Se um dia acreditei que a autodescoberta era, em si, um fim suficiente, reconheço que iludi a mim e a todos que acreditaram no que ensinei com tanta convicção. Nós existimos em relação aos outros, e, no cerne do conjunto complexo de forças que nos atraem e repelem, está a necessidade de sabermos que nossa existência não é ignorada. Pequenos roubos são, sem dúvida, a tentativa do pobre de provar sua importância na sociedade; e a tirania, intelectual e política, pode muito bem ser a justificativa definitiva e única que os homens reconhecem como fonte de seus próprios sentimentos de valor. Seguimos nossos líderes por um desejo de ser como eles e, como os Koechlins, permanecemos junto deles, admirando-os, porque se mostraram capazes de enganar tantas pessoas por tanto tempo. Eu me pergunto se também não admiraria um homem capaz de convencer o mundo de que ele, e não eu, é o autor das obras pelas quais me escravizei a vida inteira.[4]

4. Talvez a última frase completa que Freud escreveu. Seguem-na diversas sentenças que foram riscadas e não podem ser decifradas. Neste ponto, Freud provavelmente se refere a Emma Benesch-Schilder e ao *Manuscrito* que deixou com a mãe dela, Adelaide Benesch. É o que sugerem alguns rabiscos estranhos, no rodapé da mesma página: "Emma" e "Emma B.; Emma B-F". A preocupação de Freud com autoria, quando suas publicações e seu nome já eram bem conhecidos — aliás, ele era um dos homens mais famosos de seu tempo, senão do século —, deve originar-se da dúvida sobre os usos que Emma ou algum futuro neto, que ele não conheceria, fariam do manuscrito. Ou seria a preocupação mais profunda com sua reputação — poderia Freud (desafiando Freud) deixar uma obra que ultrapassasse os maiores esforços dele próprio e modificasse para sempre seu legado?

Anna Freud
Anotações sobre uma conversa com Johnny von Neumann

[Ao tomar conhecimento do manuscrito de *Megalomania*, os Arquivos Freud liberaram o ensaio "A torre de Babel", apresentado nas páginas precedentes. Pouco antes que o material seguisse para a gráfica, recebi, também da Comissão, as anotações de Anna Freud sobre uma conversa que tivera com John von Neumann, em Londres, em algum momento do início dos anos 50. Não foram datadas, mas, segundo os Arquivos, possivelmente foram escritas no verão de 1980. Durante um chá da tarde, Von Neumann falou da relação entre a teoria freudiana e as teorias que emergiam dos novos campos da cibernética e das ciências da computação, cujo desenvolvimento originou as ciências cognitivas de hoje. Há uma breve alusão ao tema em minha Introdução. Sou grato aos Arquivos pelo envio dessas anotações e pela autorização para publicá-las como complemento ao *Manuscrito*. Fiz apenas algumas alterações menores de pontuação. As anotações foram escritas em inglês e provavelmente não se destinavam a publicação. Mas, pela luz que podem lançar sobre o *Manuscrito*, penso que Anna Freud teria aprovado que

fossem divulgadas como uma conclusão à última grande obra de seu pai. Espero que o leitor concorde com meu julgamento.
- A. J. S.]

Um artigo no *Times* de hoje, sobre um computador que joga xadrez, lembrou-me a última visita de Johnny von Neumann a Hampstead, há mais de vinte anos.[1] Eu o conhecera como um jovem gênio matemático que lecionava na Alemanha. Mais tarde, auxiliou os americanos na fabricação da bomba; depois da guerra desejou construir bombas maiores e lançá-las sobre os russos. Mas eu nunca imaginara que o pequeno livro que sua mulher Klara me enviou após a morte dele — o póstumo *O computador e o cérebro* — contribuiria para inaugurar uma visão nova e radical da natureza humana.

Seu primo Ferenczi enviara-nos o artigo de Johnny sobre a Teoria dos Jogos em 1928; insistira em que era muito profundo e que um dia se mostraria muito importante para nossa compreensão do modo como lidamos uns com os outros no cotidiano.[2] Mas a profundidade do artigo escapou-nos, e quando, anos mais tarde, Johnny veio a Viena, passou a tarde com meu pai simplesmente jogando pôquer e contando anedotas. Era um blefador terrível e um perdedor muito amargo, mas meu pai não parecia se incomodar. É pena que, na época, Johnny ainda não tivesse

1. Não consegui encontrar o artigo a que Anna Freud se refere. O *Times* não possui um índice geral dos anos 1979 e 1980, quando se presume que ela tenha anotado essas lembranças.
2. Vide nota 6, às pp. 142-3, para detalhes sobre Von Neumann e seu artigo de 1928. Sándor Ferenczi (1873-1933) foi um dos colaboradores mais próximos de Freud. Ele e Von Neumann, ambos de Budapeste, eram mesmo primos.

compreendido a conexão entre o trabalho deles. Tenho certeza de que meu pai ficaria fascinado.

Na tarde em que o encontrei a sós em Hampstead, ele *viu* a conexão. De início, quando falou sobre suas máquinas e sobre como elas imitariam tudo o que se passava no cérebro humano, a conexão não era óbvia; também não era óbvia quando ele disse que ansiava pelo dia em que construiria uma máquina que tivesse aperfeiçoado as artes do blefe e da falsidade. Mas acrescentou que nos últimos tempos andara lendo Freud e concluíra que meu pai acreditava (como ele) que a compreensão do engano e da desconfiança era crítica para o entendimento de *todas* as formas de comportamento humano e de *como a mente funciona*. E disse também — com uma ousadia que, confesso, deixou-me sem palavras — que as teorias de Freud sobre o inconsciente, a repressão e o Édipo, se estudadas cuidadosamente, revelavam tematizar o auto-engano, a falsidade e as represálias.

"Correto?"

Eu não tinha certeza. No entanto, havia em seu discurso algo que continuou me perturbando por muito tempo depois que ele se foi.

Nunca mais o vi.

Pareceu-me curioso um homem que gostava tanto de blefar acreditar que existia no engano uma *lógica* a qual se pudesse inserir numa máquina, ou que a arte de vencer fosse simplesmente uma longa série de cálculos. Era curioso porque Johnny von Neumann apreciava o engano em si. Lembro-me de sua insistência em que o xadrez não era um jogo de fato. Uma vez que se apreendesse seu espírito, qualquer um podia ter a certeza de vencer (ou de perder, se começasse do lado errado). O que o excitava mesmo era *não saber* o resultado do blefe. Se Johnny tivesse vencido todos os embates — se soubesse de antemão que sempre venceria —, a vitória não teria nenhuma graça para ele ou, nesse caso, para mais ninguém. Era evidente que ele se incomodava muito quando perdia, quando lhe pregavam peças; mas eram a incerteza, o suspense que faziam o blefe, a mentira valerem a pena. No entanto, Johnny insistia em descobrir a racionalidade subjacente à incerteza — desejava viver num mundo de suspense, desde que fosse capaz de predizer o final. Lembro-me que admitiu haver algum erro em sua "teoria".[3]

Irritou-me ao dizer que a teoria freudiana, uma teoria cuja evolução eu acompanhara dia após dia, era sobre alguma coisa que nunca me ocorrera antes — que a *repressão* era apenas uma maneira diferente de se falar de um *estrategista hábil*, de um *mentiroso* e de um *impostor*. (Se havia uma diferença entre Freud e Von Neumann era o interesse de Johnny em saber como blefamos e enganamos *uns aos outros*, enquanto Freud buscava saber como enganamos *a nós mesmos*.)[4] Freud, disse Johnny, estava se tornando parte de uma ciência matemática

3. Neste ponto, a discussão de Anna Freud sugere que um homem que mente sem se considerar mentiroso "pensa" como uma máquina. Não tem consciência de si. Mentir requer essa capacidade. Se uma máquina "afirma" ser Greta Garbo, não há muito sentido em acusá-la de estar mentindo, pois, na verdade, máquinas não podem "falar" sobre si mesmas. O problema com o mentiroso patológico — que pode, num certo sentido, não ter autoconsciência — é que a afirmação de que é mentiroso (ou seja, dizer-se que ele não é o que afirma ser) nega sua existência.

4. Os leitores do *Manuscrito* de Freud ficarão menos intrigados com as afirmativas de Von Neumann do que Anna Freud, pois sabem que, nessa obra, o próprio Freud pensou no auto-engano como uma característica central da psique e até sugeriu que essa fora sempre uma de suas idéias principais. Poderíamos dizer que o *Manuscrito* "resgata" a obra freudiana e, por conseguinte, estabelece uma ligação muito íntima com os problemas centrais levantados por Von Neumann. Tanto Freud como Von Neumann consideravam que uma compreensão dos mecanismos do engano era essencial para a revelação da natureza da psique, embora tenham abordado a questão em perspectivas bem diferentes. As ciências cognitivas contemporâneas ainda terão de reconhecer a importância dessa questão. Isso talvez ocorra a partir do *Manuscrito*.

muito sofisticada. Imagino que deveria ficar feliz por meu pai, mas na época fiquei bem intrigada.[5]

Entretanto toda aquela conversa sobre blefe e trapaça me recordou um estranho fato ocorrido certa noite em que cheguei tarde em casa. Meu pai estava com a luz acesa, e eu bati de leve a sua porta, que abri sem esperar resposta. Pensei que ele tivesse adormecido, e surpreendeu-me vê-lo ocupado, escrevendo à mesa. Ele também se surpreendeu. Olhou-me sem dizer palavra, com um semblante de dor, a caneta suspensa no ar. Fiquei ali parada e perguntei-lhe se desejava um pouco de chá. Ele respondeu que estava no meio de alguma coisa; temia "perdê-la" se a interrompesse naquele momento. E disse "boa noite", fazendo um gesto para que eu fechasse a porta.

Ele nunca me dispensara assim; atribuí aquilo a sua doença. Porém não conseguia enganar a mim mesma: eu *sabia* que naquele momento ele fazia alguma coisa que não desejava que eu visse. *Escrevia alguma coisa que não desejava que eu visse.*

5. Alguns leitores, familiarizados com as alegações contemporâneas de que Freud não era cientista, "carente dos escrúpulos empíricos e éticos que esperaríamos encontrar em qualquer cientista responsável, para não falar num dos grandes" (vide Frederick Crews, *The Memory Wars*, op. cit.), poderiam espantar-se ao saber que John von Neumann, cujas credenciais científicas são impecáveis por qualquer critério, teria falado de simulações em computadores como extensões mais "rigorosas" da obra de Freud. A afirmação célebre de Freud de que "um instinto nunca pode tornar-se o objeto da consciência — só a idéia que o representa pode" ("O inconsciente", na ES 14:203) não é muito diferente daquela de um cientista cognitivo contemporâneo de que "não temos consciência das computações, da manipulação física dos símbolos, mas somente das *idéias* que aqueles símbolos representam; da mesma forma, não temos consciência das condições dos circuitos do computador, mas apenas das palavras e imagens que vemos na tela por causa dos circuitos". Para os comentários de Norbert Wiener sobre a Teoria dos Jogos, vide Notas, pp. 147-8.

Tive certeza, porque no dia seguinte procurei os papéis que vira empilhados em ordem sobre sua mesa. A folha em que escrevia quando entrei tinha o nome e o endereço do Hotel Brésil em Paris impressos no alto. Ele usava o verso do papel; o lado voltado para mim estava em branco. A organização dos papéis na mesa sugeria que ele trabalhava num manuscrito. Mas por que escolhera escrever um manuscrito no verso de velhos impressos de hotel? E por que o perturbara tanto o fato de ter sido surpreendido por mim?

Passou os dois dias seguintes no escritório e decidi não incomodá-lo. Jones apareceu com dois alunos, e Freud conversou com eles por uma hora. Recomendou-lhes que não levassem Édipo muito a sério, argumentando que somos, na verdade, individualidades fragmentárias, deslizando de uma personalidade a outra, procurando desesperadamente ajustar-nos ao mundo. Nós nos aglutinamos por meio de nossas obsessões, que nos proporcionam a ilusão de sermos "um", "nós mesmos", permitindo que ignoremos aqueles que nos cercam, em vez de nos adaptarmos a eles. Disse ter observado, havia tempo, que idéias obsessivas se disfarçam numa incerteza verbal admirável, a qual permite que sejam utilizadas em muitas circunstâncias diferentes. Ele falava olhando para mim, e não para Jones ou seus alunos. Sei que se referia àquilo que estivera escrevendo no verso dos impressos do hotel.

Tenho certeza de que ainda trabalhava naquele manuscrito uma semana mais tarde, quando bati à porta e o ouvi arrumando papéis antes de autorizar-me a entrar. E estou quase certa de que levava "aquilo" consigo naquela tarde, em Paris, em que nos deixou por algumas horas e voltou de mãos vazias. Não sei se pensava que eu tivera alguma suspeita na noite em que o surpreendi escrevendo. Nunca perguntei a respeito daquilo nem ele nunca falou. Em certos momentos demonstrava extremo desconforto em minha presença, temeroso de que eu estivesse prestes a lhe fazer perguntas sobre o conteúdo dos papéis do hotel. Seu olhar impedia-me de falar. Nunca lhe perguntei nada. Talvez eu fosse uma boa jogadora de pôquer.

Johnny dissera: "O bom jogador de pôquer sabe que há momentos em que não se denuncia o blefe dos outros. E não deseja que saibam como ele é esperto".

Acrescentara ainda: "Depois, há momentos em que se deve denunciar o blefe dos demais jogadores".

Nunca denunciei o blefe de Freud, mas também nunca vi o que ele tinha na mão. Não estou certa de ter desejado saber, em algum momento, o que meu pai escrevia naquela noite. Jogadores de pôquer podem divertir-se com o blefe, mas há outras formas de logro que são dolorosas demais para desejarmos conhecê-las. Na verdade, era isso que meu pai queria dizer ao falar da repressão, e talvez tenha me testado naquela noite.

"Lamentavelmente", disse Johnny antes de partir, "não temos uma 'teoria' da fraude, mas apenas um 'conjunto de evidências' imperfeitamente articulado e mal formalizado."

Já se passaram mais de quarenta anos desde a morte de meu pai e ainda não há sinal daquele manuscrito. Às vezes me pergunto se não foi tudo inventado por minha imaginação, se o que "lembro" ter visto de fato aconteceu.[6]

6. Como assinalei em minha Introdução, o original de *Megalomania* foi escrito no verso do papel de carta do Hotel Brésil de Paris. A recordação de Anna Freud é indiscutivelmente precisa. É impossível saber o que ela teria pensado e que suspeitas seriam confirmadas, ou não, caso ela tivesse vivido para ver a publicação do *Manuscrito*. Talvez ficasse consternada em saber da existência de sua meia-irmã mais nova. Ainda assim, é notável que a recordação da visita de Von Neumann reacendesse o interesse dela pelo comportamento estranho do pai no último ano (ou algo ao redor disso) da vida dele. Como também mencionei em minha Introdução, Von Neumann é o elo entre o Freud do manuscrito da *Megalomania* e as ciências cognitivas contemporâneas.

Nota final

Por sorte, os grandes pensadores partem; podemos escrever sobre eles, julgá-los e ignorá-los. Muitos deixaram cartas, manuscritos, anotações, adornos e outras relíquias de amantes, ex-amantes e daqueles por quem ansiaram secretamente; esperavam que gerações futuras de estudiosos e filósofos imergissem na vida e nos pensamentos deles; assim, buscaram perpetuar-se como parte da cena contemporânea, exatamente como foram parte inseparável da cultura de seu tempo.

Freud — como bem se sabe — não era avesso a tais táticas. Seus ardis póstumos ultrapassaram muito a extensão atingida pelos da maioria dos grandes homens. Pois no final da vida Freud decidiu reinventar Freud.

Teve a felicidade de passar aqueles últimos pensamentos para o papel. Aparentemente, acreditava que, mais de meio século depois de sua morte, a psicologia estaria longe de se tornar uma verdadeira ciência. E é certo que ainda estamos muito longe de compreender a natureza da lógica, da verdade e das mentiras. Mesmo hoje, não existe uma ciência real da mente.

Estudiosos, psicólogos e biógrafos podem prosseguir a partir deste ponto, tomando Freud como referência da lealdade ou da superioridade deles, revendo o legado que deixou e, graças à reinvenção de Freud, reavaliando algumas das idéias predominantes do século XX.

De fato, não resta muita dúvida de que a publicação dos ensaios finais de Freud retirou o vento das velas daqueles que tão prematuramente o descartaram do centro do palco. O desejo de Freud de não se transformar apenas num rodapé da história — sua relutância em despencar das alturas olímpicas que conhecera em vida — levou-o a escrever sua obra-prima final. E penso que lhe podemos ser todos gratos por esse esforço heróico de lançar um olhar crítico e descompromissado sobre a obra de uma vida. Talvez ele tivesse razão.[1]

1. Não resisto a relatar um sonho que tive em Paris. *Eu olhava pela janela do hotel na direção da torre Eiffel, e a imagem enorme, em tamanho natural, de uma Marilyn Monroe carnuda, nua, apareceu de repente no alto da famosa estrutura de ferro fundido. Ela pairou sobre a torre por alguns instantes, depois evaporou, permitindo um vislumbre momentâneo do céu escuro, logo preenchido por uma imensa imagem de Sigmund Freud soltando anéis de fumaça e batendo cinzas de charuto sobre Paris. O céu explodiu em fogo e nuvens sombrias. E, como se viesse do nada, Moisés surgiu, ergueu duas enormes tábuas de pedra acima da cabeça, balançou-as para a frente e para trás e, com um movimento final poderoso dos braços, atirou-as sobre a cidade. Pedaços de pedra saltaram de volta para o céu. Moisés, os pedaços de pedra, as nuvens escuras e o fogo deram lugar à Marilyn de* O pecado mora ao lado, *segurando a saia que um vento invisível soprava por baixo. Imagem seguida, uma vez mais, por Freud, ainda soltando grandes anéis de fumaça, mas segurando um manuscrito acima da cabeça, como as tábuas que Moisés despedaçara sobre a cidade. Então, como se tivesse percebido uma presença, ele olhou bem para mim e piscou.* Acordei suando frio.

Não imagino o que isso tudo poderia significar.

Notas

INTRODUÇÃO

1. Frederick Crews, por exemplo, escreveu certa vez uma análise freudiana famosa de Nathaniel Hawthorne, *The Sins of the Fathers: Hawthorne's Psychological Themes* (1966), em que argumentava que a obra de Hawthorne era interessante apenas se lida como um estudo de caso freudiano: "Penso que seja esta a distinção de Hawthorne como psicólogo — não apenas que o comportamento aparentemente estranho de seus personagens possa ser comparável a exemplos da vida real, mas que a trama integral de seus enredos consiga expor processos fundamentais, embora enganosos, da mente humana. O mais importante é que essas tramas retratam com fidelidade inacreditável os resultados do conflito edipiano não resolvido" (p. 262). Em seguida ele escreveu uma defesa da psicanálise em *Out of my System: Psychoanalysis, Ideology and Critical Method* (1975), em que admitiu as limitações dela. Não obstante, continuava a acreditar que "A psicanálise foi a única psicologia que modificou seria-

mente nosso modo de ler literatura, e essa modificação é pouco compreendida pelas partes interessadas" (p. 4). Acabou percebendo seus erros e, no clima mais arejado do período pós-freudiano, "decidi auxiliar os demais a resistir às falácias a que eu sucumbira nos anos 60", declarando: "*Eu tenho total falta de respeito por Freud*" (F. Crews, *The Memory Wars*, 1995, em itálico no original, p. 293).

6. Seu artigo de 1928, "*Zur Theorie der Gesellshaftsspiele*", *Math. Ann.* 100, 295-320, é freqüentemente citado como o artigo fundamental sobre a Teoria dos Jogos, a base dos modelos matemáticos dos jogos de azar, tais como o pôquer e o bridge. Nesse artigo Von Neumann demonstrou o "teorema minimax": para dois indivíduos, existe sempre um curso racional de ação num jogo competitivo com interesses completamente opostos (se o jogador A ganha, significa que o jogador B perde). Em 1944 Von Neumann e Oskar Morgenstern aplicaram a Teoria dos Jogos ao estudo da economia. (Vide *Theory of Games and Economic Behaviour*, Princeton, NJ, Princeton University Press, 1944.)

A Teoria dos Jogos teve enorme influência sobre as ciências biológicas. (Vide nota 14, a seguir, e os comentários de Norbert Wiener ao artigo de Anna Freud na nota 5, às pp. 147-8). Porém, matemáticos e historiadores da ciência assinalaram que há questões perturbadoras de precedência. Em 1921, o matemático francês Émile Borel (1871-1956) foi o primeiro a escrever sobre jogos de estratégia e suas aplicações à guerra e à economia. (Vide Émile Borel, *La théorie du jeu et les équations intégrales à noyau symétrique gauche, Compte Rendu Acad. Sci*, Paris, vol. 184 [1927], pp. 52-4.) Von Neumann afirmou não ter familiaridade com a obra de Borel, e conta-se que ficou muito irado quando soube que os artigos tinham sido traduzidos para o inglês em

1953. (Vide *Econometrica* 21 [1953], pp. 95-126, para os artigos de Borel e a resposta de Von Neumann; e Steve J. Heims, *John von Neumann e Norbert Wiener: From Mathematics to the Technologies of Life and Death*, Cambridge, MA, MIT Press, 1980, pp. 83-4, e nota 14, pp. 440-1.)

14. Essa lista de teorias científicas maiores — todas elas partes da visão mais ampla do mundo contemporâneo — deveria, para ser completa, incluir *Genes Egoístas, Memes, Seleção, Computações, Redes Neurais, Teoria dos Jogos e o Dilema do Prisioneiro e Gramáticas Gerativas*, bem como as grandes figuras científicas e míticas de nossos dias: Mendel, Darwin, Turing, Von Neumann, Hamilton, Rosenblath e Chomsky. Ademais, vale a pena assinalar que uma das "percepções" da Teoria dos Jogos amplamente aclamada surgiu de uma competição internacional em que se solicitou a estrategistas que decidissem qual padrão de "cooperação" ou "desistência" (não-cooperação) seria mais eficaz em diversas formas de disputa. A estratégia vencedora foi *Tit for Tat* — primeiro coopere, depois faça tudo que seu oponente fez na última jogada, desista se ele desistiu, coopere se ele cooperou. Como o organizador da competição escreveu: "Não é preciso fazer melhor do que o outro jogador para sair-se bem [...] Permitir que cada um deles faça o mesmo ou um pouco melhor do que você está bem, desde que você tenda a um bom desempenho. Não há razão para invejar o outro jogador, já que, num Dilema do Prisioneiro repetitivo de longa duração, o sucesso do outro é, virtualmente, um pré-requisito para que você se saia bem" (Robert Axelrod, citado em Douglas R. Hofstadter, *Methamagical Themas: Questing for the Essence of Mind and Pattern*, Nova York, Basic Books, 1985, p. 727). Considero essa afirmação bem instigante, pois cientistas e filósofos contemporâneos, com toda aquela conversa deles sobre estratégias

genéticas cegas determinando implacavelmente o comportamento humano e animal, parecem culpar-se pela lógica de seus próprios argumentos. Sentem-se compelidos a provar que a natureza deseja que nós também cooperemos. *Tit for Tat* é um exemplo perfeito dessa necessidade de encontrar amor fraterno entre os homens e os animais. No *Manuscrito*, Freud não faz tais concessões, por isso acredito que o trabalho dele seja um estudo muito mais penetrante do comportamento humano. Na verdade, a necessidade de demonstrar "cooperação" nos mundos humano e animal leva à afirmação bastante absurda, já citada, de que "*não há razão para invejar o outro jogador*"! E poderíamos perguntar ao professor Axelrod (autor dessa pérola de sabedoria): qual seria a razão para ser bem-sucedido, se todos os outros também são? A sugestão é tão ingênua quanto a idéia de que é possível viver num mundo em que *todos* são ricos. Quem *serviria* a quem? A razão para *ser bem-sucedido* é poder vangloriar-se disso, é podermos dizer que somos melhores que os outros.

CAPÍTULO 2

Luc Tangorre, cuja história é surpreendentemente semelhante à de Hans Hellbach, relatada no *Manuscrito*, foi detido pela primeira vez em 1983 por uma série de estupros cometidos em Marselha entre 1979 e 1981. Uma comissão encarregada de sua defesa incluía notáveis como Françoise Sagan, Marguerite Duras, Claude Mauriac, Laurent Schwartz, Pierre Vidal-Naquet etc. Ele foi beneficiado por um indulto concedido pelo então presidente da França, François Miterrand, em fevereiro de 1988. Em 1992, foi preso e condenado pelo estupro de duas jovens americanas em 23 de maio de 1988. (Vide o artigo de Pierre Vidal-Naquet "Luc Tangorre et notre erreur", *Le Monde*, sábado,

15 de fevereiro de 1992, pp. 1-2, em que ele admite ter sido logrado. Vide também *Le Monde*, 9-10 de fevereiro de 1992, p. 9, para detalhes do julgamento.) Tanto a notável semelhança desse caso com alguns pontos do caso de estupro descrito por Freud como a discussão que ele faz sobre o julgamento de Wagner-Jaurreg reforçam de modo considerável suas conclusões referentes a alguns aspectos fundamentais do psiquismo humano.

CAPÍTULO 8

1. A seguir, ofereço uma amostra de algumas das reações mais adversas à afirmação de Freud de que a autoridade é psicótica.

Um cientista que descreveu seu robô como "a máquina mais inteligente e instruída já construída até hoje", escreveu que "contrariamente à opinião expressa no *Manuscrito* atribuído a Sigmund Freud, quanto mais inteligente a máquina, mais racional ela é. Freud serviu ao lugar-comum de que grandes gênios são mentalmente doentes. A ciência demonstrou, agora, que o oposto é a verdade". Diversos filósofos zombaram da visão de Freud sobre a lei (segunda parte do parágrafo). Um cientista político escreveu que "O fracasso dele em compreender a democracia origina-se de sua necessidade profundamente enraizada de projetar sua própria megalomania sobre a sociedade". Tanto um rabino como um cardeal saíram em defesa de Moisés e dos dez mandamentos. "Essa obra é do demônio", escreveu o cardeal.

Finalmente, um historiador da ciência fez os seguintes comentários: "Mesmo que tenha sido concebido num estado de delírio terminal (e era muito longo e cuidadosamente pensado para tal), o *Manuscrito* é um conjunto imperdoável de banalidades. Homens de verdadeira estatura nunca sucumbem a delírios. Freud desafia os fundamentos do pensamento racional, os alicerces da sociedade, a estabilidade psicológica de seus admiradores mais ardentes e mesmo de seus detratores mais fervorosos.

"O *Manuscrito* não é um testemunho da grandeza de Freud, mas de sua baixeza de caráter. Freud encarnava a inveja. E o melhor exemplo disso talvez seja a troca de cartas entre Freud e Albert Einstein. Einstein expressara dúvidas sobre a obra de Freud [Vide Jones, op. cit., 3, 246]. Como Freud tinha poucos conhecimentos de ciência e não podia saber o que ainda estava por ser descoberto, decidiu, à sua maneira invejosa, mesquinha, deixar um manuscrito que questionaria a integridade dos cientistas nos anos que estavam por vir. O *Manuscrito* prova a falência do pensamento freudiano."

CAPÍTULO 9

4. Quando Gulliver (como o superego alucinado) se torna gigantesco comparado aos liliputianos — o homem-montanha —, mesmo seu ato mais banal — brandir a espada, atirar com a pistola, espirrar etc. — faz que eles reajam com espanto, medo e admiração. Gulliver também brinca com a frota inimiga como se fosse um brinquedo, como Dicke brinca com sua Máquina Marilyn. Mas o horror que ele inspira não se associa a nenhuma moralidade. É o horror pelo horror!

Da mesma forma, Alice parece refletir a aparente "objetividade" do superego alucinado de Freud ao perguntar: "Eu sou realmente eu mesma?". Violência é parte importante do mundo de Alice; animais são constantemente ameaçados de extinção num mundo, uma vez mais, sem moral. E, como os "textos sagrados" do megalomaníaco de Freud (a teoria secreta de Wagner ou a Teoria das Alças de Dicke etc.), *Jabberwocky* também é um texto sagrado, lido num vácuo moral. "O encanto de *Jabberwocky* é ser uma linguagem em código," assinalou William Empson, "a língua com que os adultos escondem as coisas das crianças, ou as crianças dos adultos" (*Some Versions of the Pastoral*, Nova York, New Directions, 1960, p. 255).

Finalmente, permitam-me assinalar que Phyllis Greenacre apreendeu um pouco do superego alucinado de Freud ao escrever: "Cheguei à conclusão de que o fetichismo e talvez outras perversões do desenvolvimento emocional ocorriam em pessoas de constituição ativa e forte, porém sujeitas, em determinados períodos críticos do início da vida, a pressões externas cuja natureza perturbava a integridade da autopercepção e da assimilação das sensações de seu próprio corpo. Em outras palavras, a imagem do corpo é danificada; e a perversão fetichista é uma [...] tentativa de estabilizar essa falha de modo a ampliar a capacidade de utilizar impulsos agressivos e sexuais inerentes [...] Um modo como esse dano [...] se evidenciou por meio de sensações subjetivas distorcidas de modificação do tamanho de todo o corpo ou de certas partes dele" (*Swift and Carroll: A Psychoanalytic Study of Two Lives*, Nova York, International Universities Press, 1955, pp. 10-1). Pode haver uma relação interessante entre essa visão das emoções e aquela de Freud no *Manuscrito*, embora Greenacre tivesse sido sempre uma freudiana ortodoxa e talvez não quisesse ser associada às opiniões póstumas de Freud.

ANNA FREUD: ANOTAÇÕES SOBRE UMA CONVERSA COM JOHNNY VON NEUMANN

5. Norbert Wiener (em seu *Cybernetics: or Control and Communication in the Animal and Machine Cambridge*, MA, MIT Press, 1948, 1960, p. 159) escreveu sobre a Teoria dos Jogos:

"Essa teoria baseia-se na suposição de que cada jogador, em todas as etapas, em vista das informações disponíveis, joga de acordo com uma estratégia inteiramente inteligente que, ao final, garantirá a maior expectativa possível de recompensa [...] Mesmo no caso de dois jogadores, a teoria complica-se, embora conduza, freqüentemente, à escolha de uma linha de jogo definida. Porém, em muitos casos em que há três jogadores e na esmagadora maioria dos casos em que o número de jogadores é grande, o resultado é uma indeterminação e uma instabilidade extremas. Os jogadores individuais são compelidos, por sua própria cupidez, a formar coalizões; mas essas coalizões em geral não se estabelecem de maneira única, determinada, e habitualmente resultam numa confusão de traição, deserção e logro, constituindo um retrato bem realista do mundo dos grandes negócios, ou dos universos intimamente relacionados da política, da diplomacia e da guerra. No longo prazo, mesmo os mercenários mais brilhantes se cansam disso e concordam em viver em paz uns com os outros, e as grandes recompensas ficam reservadas àquele que espera o momento oportuno de romper o acordo e trair os companheiros."

Personagens

DO MUNDO IMAGINÁRIO

Professor Albert J. Stewart, editor do *Manuscrito* de Freud; colaborador de Norman Dicke; co-autor, com Dicke, de inúmeros artigos sobre a Teoria das Alças.

Norman Dicke, colaborador renomado de Stewart; laureado com o Looker; criador da Teoria das Alças e da Máquina Marilyn.

Debra, antiga pós-doutoranda de Dicke.

Máquina Marilyn, criação sexy de Dicke e seus colaboradores.

Bernadette Schilder, neta misteriosa de Sigmund Freud.

Emma Benesch-Schilder, mãe de Bernadette Schilder; filha de Freud com Adelaide Benesch.

Adelaide Benesch, avó de Bernadette (mãe de Emma), cujo caso com Freud fora, até a publicação desses documentos, um segredo bem guardado.

Stefan Schilder, marido de Emma Benesch, pai de Bernadette Schilder; morto por um automóvel no primeiro aniversário de Bernadette.

Georg Probst, oficial da SS que estudara com Wagner e possuía o *Manuscrito* que Adelaide Benesch devolvera a Freud, sem ler, após o *Anschluss*.

Heinrich Probst, sobrinho de Georg Probst; herda o *Manuscrito*, tenta publicá-lo e, por fim, entrega-o à família Benesch-Schilder em Londres após a guerra.

Hans Hellbach, estuprador austríaco que recebeu um indulto presidencial nos anos 1920 e foi posteriormente preso por estuprar duas mulheres no sul da Alemanha. Lutou na Primeira Guerra Mundial e foi tratado de neurose de guerra — "com êxito" — por Wagner e Kozlowski.

DO MUNDO REINVENTADO

Luc Tagorre, estuprador francês que obteve indulto presidencial mais de um século mais tarde. Stewart ressalta o paralelo com o caso de Hellbach relatado no *Manuscrito* de Freud.

Julius Wagner-Jaurreg, velho amigo de Freud desde os tempos do curso de medicina; laureado com o Nobel (1928); durante a Primeira Guerra Mundial, sua clínica tratava soldados considerados "malfeitores" com choques elétricos; Freud foi testemunha "especializada" em seu "julgamento" em 1920.

Michael Kozlowski, colaborador de Wagner, sádico, mentiroso; ausente no "julgamento" de Wagner; obituário de Wagner sobre Kozlowski escrito apenas em polonês.

Gustave Eiffel, construtor da famosa torre Eiffel.

Maurice Koechlin, colaborador de Eiffel; ele e **Émile Nouguier** são os verdadeiros inventores da torre Eiffel; Freud conta a história dele.

John von Neumann, grande matemático do século XX cuja

obra foi crucial para o desenvolvimento do computador; criador da Teoria dos Jogos (1928); visita Anna Freud nos anos de 1950.

Émile Borel, matemático francês importante, escreveu os primeiros artigos conhecidos sobre a Teoria dos Jogos (1921); Von Neumann contestou a importância deles (1953).

Norbert Wiener, criador da cibernética; crítico da Teoria dos Jogos.

Anna Freud, filha de Freud; surpreende Freud escrevendo o *Manuscrito*, mas nunca lhe pergunta sobre o que ele escreveu; morre antes da descoberta do *Manuscrito*; encontra-se com Von Neumann.

Sigmund Freud, que escreve extensamente sobre as deficiências de sua própria obra e apresenta-nos uma nova visão surpreendente dos problemas da mente.

Moisés, uma obsessão de Freud; autor presumido dos dez mandamentos; um dos primeiros casos documentados de megalomania.

ESTA OBRA FOI COMPOSTA PELO GRUPO DE CRIAÇÃO EM ELECTRA,
TEVE SEUS FILMES GERADOS PELO BUREAU 34 E FOI IMPRESSA
PELA GEOGRÁFICA EM OFF-SET SOBRE PAPEL PÓLEN BOLD DA
COMPANHIA SUZANO PARA A EDITORA SCHWARCZ EM JUNHO DE 2001